ツヴェイト
クロイサス
ゼロス
セレスティーナ

ゲンマ
エロムラ
クリスティン

一条《いちじょう》渚《なぎさ》
コズエ
田辺勝彦《たなべかつひこ》
ソウキス

「これ、女性用の装備なんですか？
私が装備してみましょうか？」
セレスティーナは両手でブルマを広げまじまじと眺めている。彼女も研究職に片足を突っ込んでいる魔導士であるという証拠だろう。

アラフォー賢者の異世界生活日記 14

Kotobuki Yasukiyo
寿安清

Contents

プロローグ　ツヴェイト、夜会に出る

煌々《こうこう》と燃え盛る炎。

鞴《ふいご》で風を送り火力を調整すると、金鋏《かなばさみ》で鋼がくべられる。

赤化する鋼は、これから叩《たた》かれることで様々な姿へと変わることを運命づけられているが、全ては職人の想《おも》いと腕次第だ。

ゼロスは金鋏で赤色化した鋼を挟んで金床に置くと、槌《つち》を振るい人智《じんち》を超えた速さで延ばしと折りを行う。

熱せられた鋼は瞬く間に短刀へと姿を変えていく。

「ふむ……即席とはいえ、ちゃんと使えるようだ。よきよき」

現在、ゼロスは自宅に建て増しした鍛冶《かじ》場で作業中。

自作の鍛冶場の設備をチェックすることが目的であり、試し打ちということで一太刀打ってみたが、不具合なく使えることが確認でき、満足げに頷《うなず》く。

その後、試し打ちの短刀を再び炎の中へとくべた。

「ふふふ……これで色々と作れるぞ。やっぱ魔導錬成だと味気ないからねぇ～♪」

まだ形を与えられただけの短刀は、再び炎に熱せられ赤い輝きに染まる。

たとえ試し打ちであろうと、鍛えるからには全力でいく。

ゼロスにとってこれは遊びの延長だ。

だが、遊びであるからこそ真剣に取り組む。妥協はしない。

基本的にものづくりが好きなゼロスだが、作るにしても色々とこだわりがある。

魔導錬成による金属加工は楽ではあるものの、粘土細工をしているようで、正直なところあまり好きではなかった。

そして、出来上がるものも微妙に納得がいかない。

【ソード・アンド・ソーサリス】では最高位のスキルである【鍛冶神】を持っていたが、ゼロス自身は現実で鍛冶をしたことがない。だが魔導錬成時において、不思議と加工される金属の状態が手に取るように分かり、それと同時に加工される金属に対し『これは違う』と心の奥で何かが告げていた。

おそらくは今所持している【鍛冶神】のスキル効果からくるもので、その内なる声に身を任せ思わず行動した結果、勢いで鍛冶場を建ててしまった。凄《すご》い行動力だが意味が分からない。

『やっぱり職人には作業場が必要っしょ。さて、これから何を作ろうかねぇ』

インベントリー内には様々な素材が死蔵されており、新たな姿へと変わることを今か今かと待っている。まぁ、非常識なものが出来上がることだけは確定しているのだが。

だが、ゼロスは気にしない。

これは自分が楽しむためだけのものなのだから、そこに文句をつける者は誰もいない。邪魔者も止める者すらも存在しない、自分だけの趣味の世界だった。

◇　◇　◇　◇　◇　◇　◇

四大公爵家。

古き時代から秘宝魔法を受け継いでいる家系で、炎の秘宝魔法を受け継ぐ【ソリステア家】、風の秘宝魔法を受け継ぐ【リビアント家】、水の秘宝魔法を受け継ぐ【アマルティア家】、地の秘宝魔法を受け継ぐ【サンドライク家】があり、四大貴族とも呼ばれていた。

永きにわたって代々受け継がれているということで、とても凄そうに思える秘宝魔法だが、実戦使用という面で見る非常に扱いづらい代物だった。

ソリステア家の秘宝魔法は潜在意識領域《イデア》に術式をインストールすることができるが、使用時はかなりの魔力を消費してしまうため、術者は魔力枯渇で倒れてしまう。

残り三家の秘宝魔法はスクロールで残されており、発動はするものの潜在意識領域に収めることができないとか発動確率が恐ろしく低いとか、何かしらの欠陥を持っていた。

無論、発動すれば威力は高いのだが、発動してもやはり魔力枯渇は必至という共通欠陥はどうしようもない。しかもスクロールとして残されているので賊に盗まれる可能性もある。

軍事的な面や外交の面でも高威力の魔法は抑止力や牽制《けんせい》として使えるので、四大公爵家の秘宝魔法の情報は機密扱いとなり、威力のみを強調して伝えることで情報統制を行っていた。

さて、なぜここで四大公爵家と秘宝魔法の説明をしているかというと――。

「ツヴェイト……秘宝魔法の魔導術式、めっちゃ面倒なんだけど」

「ソウキス……。お前、なんで俺の部屋にまで来て魔導術式の改良してんだ？　それに、お前んところの秘宝魔法も一応は国家機密だろ。他家に見せていいもんじゃねぇだろうが」

「いいじゃん。一応使えるように改良しておかないと、北の大国さんがなにしでかすか分からないじゃないか。最近、あの国は情勢が不安定だしさ」

「意見を求めるならクロイサスにしろ。俺は使う側だ」

「けち臭いなぁ～、それにクロイサスのところに行くと、長時間たらたら蘊蓄《うんちく》を聞かされるだけだしぃ～、時間的に無駄だよ」

「ハァ～……。まぁ、確かに否定できねぇ」

ソウキス・ヴェル・リビアント、十七歳。

四大公爵の一家、リビアント公爵家嫡男であり、次期公爵を約束された青年である。

軽い性格と子供っぽい言動、その幼く可愛《かわい》らしい容姿から、一部の貴族や一定数の人には絶大な人気を得ている人物だ。

主に『マジで男？ ……いや、別に男でもいいか』とか、『本当に男性？ いえ、もしかしたら男の娘《こ》かも……』とか、『ソウたん、萌《も》え～！ ハァハァ……』などだが、本人の意図していないところで業《ごう》が深い。

中性的な見た目の彼は、ドレスでも着て化粧をすればまんま少女に見えてしまうので、当の本人はもの凄く気にしている。

彼がツヴェイトにつきまとうのは容姿に関して何も言わないからであり、気疲れせずに思ったことを言い合える数少ない友人だからだ。元より人懐っこい性格なこともある。

男であれば同性が自分の姿を見て頬《ほお》を染め、そっと目を逸《そ》らす姿を何度も目にしては気分も悪くなるものだろう。辟易《へきえき》するのも頷けるというものだ。

何というべきか、別の意味で彼は苦労人であった。

「お前、一応はリビアント公爵家の名代として夜会に来てんだろうが。そろそろ着替えねぇと時間的にマズいぞ」

「いいじゃん、ブッチしようよ。僕達がいなくても勝手に話が進むし、面倒事は他の人に任せちゃおうぜ☆」

「お前なぁ～、次期当主としての自覚がないのか？　仮にも公爵家の人間が言うセリフじゃねぇだろ。それに今回はウチが主催だ。俺も出なきゃマズいんだよ」

「僕は香水臭い女性にたかられるのは嫌いなのさ。どぎつい香水臭が充満するような場所に行くと、すんごく吐き気がする。生理も遅れるほどだよ」

「男に生理はないだろ！　確かに俺も香水の匂いは苦手だが、諦めた……」

ツヴェイトにもソウキスの言いたいことは分かる。

夜会とは晩餐会《ばんさんかい》より小規模な貴族達の宴の場のことで、この手の宴は貴族として情報収集や意見交換、あるいは密談の場の目くらましとして催される。

同時に若手と跡取りの繋《つな》がりを深めたり、結婚相手を捜す婚活会場としての役割もある。

今回はソリステア公爵家主催であり、ツヴェイトは次期当主としてどうしても出席せねばならない立場だ。辟易したくなる気持ちも痛いほど理解できる。

だが立場上、貴族としての義務も果たさなくてはならない。

「なら、ブッチしよう。エスケープぅ～、ボイコットでもいい」

「そうはいくか！　なに俺を共犯に仕立てようとしてんだよ。いい加減に着替えろや」

「ぶぅ～、儀礼服ってかたっ苦しいから嫌いなんだよなぁ～。ハァ～……嫌だなぁ～」

「ぶつくさ文句言ってねぇで、早く用意しろ！　時間がねぇんだ。メイド達も呆《あき》れてんぞ」

「ツヴェイトも融通が利かないよね。もっと軽くていいじゃん」

「お前は貴族の義務を何だと思ってんだ？　税金で育った以上は文句言える立場じゃねぇだろ。どうせ今夜限りの業務だろうが、我慢しろ」

「はぁ、今度生まれ変わったら一般市民がいいよ。貴族なんてなるもんじゃないよね」

未練がましく文句を言いながら、ソウキスはハンガーに掛けられた儀礼服に着替え始める。

だが、そこで彼は偶然にもソファーの下に、男の部屋にはありえないものを発見した。

「ツヴェイトぉ～」

「なんだよ」

「これ、なに？」

「なんだって、げっ⁉」

ソウキスの手には、薄い緑色の生地で作られた女性用下着――いわゆるショーツ、あるいはぷわんてぃと呼ばれる代物があった。

おそらくは護衛のアンズが昨夜の夜警の際に、この部屋でいつもの下着作成を行い、その一つが残されたのだと思われる。

ソファーの横で作業をしていたのか、片付ける際に真下に入り込んだのだろう。

『そういや、今朝のアンズはやけに眠そうだったな。寝ずに護衛の仕事をしてたのか？』

年齢的には子供なのに、職務に忠実で不平不満を言わず寝ずの番をする。多少のミスくらいはご愛嬌《あいきょう》だろう。

だがしかし、それとは別の問題で、男の部屋に女性用下着があることは、部屋の主に対しある疑惑を持ってしまうものである。

「ツヴェイト………君、女装癖でもあるのかい？」

「んなわけあるかぁ!!」

「じゃぁ、盗んだのかい？　いや、でもこの質からしてかなりの値段がするはずだよね？　もしかして奥様方の部屋から……。いや、ま、まさか、重度のマザコン!?」

「違う！　断じて違うぞ、なんで母上の下着を盗むという発想が出てくんだよぉ！　護衛の一人がその手のものを作って売ってるんだ。おそらく夜衛の時に俺の部屋に入って、待機時間中の暇潰《ひまつぶ》しに作っていたんだろうな。ある程度片付けたが一つだけ忘れていったとしか思えん」

「その言い訳、苦しくない？」

「逆に聞くが、お前は今、俺にどんなイメージを持っているんだ？」

「……顔に、被《かぶ》ったり……してないよね？　頭？　それとも……まさか、穿《は》いたりしてないよね!?」

「お前は、いつも俺をどんな目で見てるんだ？」

遠慮なく言いたいことを言い合える友人は得難いものだが、ツヴェイトは時々ソウキスのことが分からなくなる。

何というべきか、彼はいつもはっちゃけているため、どこまでが本心なのか掴《つか》みにくいところがあるからだ。

裏表がないといえば間違いでもないが、貴族の――それも公爵家の跡取りとして見ると、彼の行動は少々お馬鹿としか思えない。将来が不安である。

「……装着！　フォオオオオオオッ！」

「なぜに被ったぁ！　変態か、お前はぁ!!」

ぷわんてぃを顔面に装着した馬鹿を、ツヴェイトは思いっきり殴った。

アンズには後で文句を言うとして、とりあえず目の前で往生際悪く時間稼ぎをしようとする馬鹿を黙らせ、急ぎ着替えて会場となっているフロアに向かわなくてはならない。

少し遅れただけでも父親のデルサシスから折檻《せっかん》を受けるからだ。

結局、着替えている間もソウキスはしぶとく足掻《あが》き続け、会場に着いた時には父デルサシスの挨《あい》拶《さつ》が終わっていた。

ツヴェイトも望んでいなかった礼儀の欠けた行為に対し、デルサシスの目が恐ろしく冷ややかで、ソウキスも恐怖で震えあがっていたことは言うまでもない。

最強にして最凶の現公爵には誰も逆らえないのである。

◇　◇　◇　◇　◇　◇

貴族が行う夜会や舞踏会といった催しは、年に数回行われる。王都での催しなども年に二回ほどだ。

公爵や侯爵、伯爵レベルの貴族が近隣の下位貴族達との間で情報のやり取りをするのはもちろんだが、新たに貴族入りした者との顔合わせや、跡取りとなる子息や令嬢との縁を取り持つ婚活会場だというのは先に述べた通りだ。

正直に言えばこんな催しなど税金の無駄使いであり、そう何度も開けるようなものではない。子爵や男爵など爵位を持つ者は『準』が付く者を入れれば結構な人数になり、中には一度もこうした宴に出席することなく一生を終える貴族も少なくない。

古い家柄の貴族は伝統を重んじる傾向が強く、宴に出席する貴族の顔ぶれも変わることなどない。こうした宴を催すことを義務と思っている者さえいる。

だが、古いしきたりや慣習に馴染《なじ》めない者には地獄の苦行であった。

そして現在、立食会の真っ最中。多くの貴族達が会話を楽しみ、あるいは縁を繋ぐために声を掛け、あるいは別室で密談などを交わしていた。

「……なんで事務的に済ませられないのかな。もう僕には耐えられない」

「いや、まぁ……辺境の情勢や他国の噂話《うわさ》などならそれでいいかもしれんが、意見を求めたい貴族もいるだろ。基本的に縦社会なんだからよ」

「上にいちいちお伺いを立てて行動していたら、いざという時に間に合わないかもしれないじゃないか。緊急時に他の貴族の体面なんて窺《うかが》う必要はないと僕は思うけどなぁ～」

「お前、もっともらしいことを言っているが、単に疲れただけだろ」

「あたり」

ツヴェイトは義務と割り切っているので、ある程度の精神的疲労は覚悟をしていたのだが、ソウキスは夜会が始まってわずか十分で飽きていた。

それから小一時間ほど愚痴を呟き続けており、これで公爵家の跡取りとしてやっていけるのか、ツヴェイトもソウキスの将来が心配になってくる。

彼は我慢するということが苦手であった。

「ツヴェイト様だわ……」

「こちらからお声を掛けるべきかしら？　でも、正直なところツヴェイト様は苦手ですし……」

「クロイサス様がおられればよろしいのですけど、今日はご出席されず残念ですわね」

「ソウキス様、いつ見ても可愛らしい方ですね」

「お持ち帰りできないかしら？」

「「…………」」

ツヴェイトには令嬢達がなぜか近寄ってこない。

挨拶程度の声を掛けることもするが、それ以外では自分の周りから女性が逃げていく。

まぁ、こうした催しの会場ではいつも仏頂面をしているので、ツヴェイトが避けられる理由の一つになっていたりするのだが、当の本人は全く気付いていなかった。

ソウキスは女子からの人気はあるのだが、そもそも彼は香水の匂いを嫌がるので、自分から女性に近づくことはない。

それがまた子供みたいで可愛いと人気が出る理由にも繋がるので、ある意味この次期公爵家の跡取りは対極に位置する二人であった。

「ツヴェイトは挨拶回りには行かないの？　彼女が欲しいって前に言ってたじゃん。その時はちょっと俺様になってたけどさ」

「いや、あの時は俺も少し事情があってな……」

「欲望に貪欲になってたあの姿は、正直僕もドン引きしてた……」

「……言うな」

以前、リビアント家主催の立食パーティーに参加した時は、同期学生のブレマイトによる洗脳の血統魔法による影響下にあったため、かなりイケイケな俺様キャラになっていた。

その時にソウキスとも会っていたのだが――、

『ツヴェイト、しばらく会わないうちにどうしちゃったの⁉　何か悪いものでも食べた？』

『ソウキス、俺様は自分の欲望に忠実に生きることにした。世の中は女と、女と、女しかねぇ！』

『そんなに女性に飢えてるの⁉』

『どんな手を使ってもいい女を千人は侍《はべ》らせてぇな。ハーレムは男の夢だろ？　……そういえばお前、よく見ると美少女顔だよな？』

『い～～やぁ～～、誰かお医者さんを～～～～っ‼　ツヴェイトが壊れたぁ‼』

――なんて騒ぎがあった。

今思い出しても赤面ものの黒歴史をツヴェイトは刻んでいたのだ。

「あの時は、ちょっと洗脳魔法にやられていてな……」

「洗脳って、それって大事《おおごと》じゃない⁉」

「犯人の一人は今も行方不明だ。見つけたら八つ裂きにしてやる……」

元凶のブレマイトは行方知れず。

時折思い出しては羞恥《しゅうち》と怒りに打ち震えるツヴェイト君だった。

今も彼の握りしめた拳は怒りで震えており、ソウキスは犯人に少し同情の思いを寄せた。

だが、実のところブレマイトは既にソリステア家の手の者に捕らえられており、強制的にだが裏の仕事に従事させられている。

公爵家に害を及ぼしたのだから、二度と太陽の光を浴びることはないだろう。

実家のやっていることなのに、被害者であるツヴェイトがその事実を知らない。彼のトラウマは決して晴れることなく、実に哀れであった。

「ふはははは!! 久しいな、クレストン。前に会った時よりも更に縮んだのではないか?」

「ぬかせ! 貴様こそ筋肉で更に膨れておるではないか。余分な筋肉など体が重くなるだけじゃろ。体の動きを阻害されるだけで邪魔じゃわい」

近隣の貴族が集まるこの夜会は、当然だがエルウェル子爵家の者も来ることになる。

だが、そこになぜかサーガス老の姿があった。

「サーガス師!? いや、エルウェル子爵家がここに来るのは分かるが、今のあの方は完全に部外者だろ。なんでいるんだ!?」

「ツヴェイト、誰?」

「戦術魔導研究の第一人者だ。実戦特化魔導士の有用性を説いた人だが、当時の魔導士団が圧力をかけて追い出されたって話だ。まぁ、本人も反りが合わなかったらしいからちょうどよかったのかもな。俺の尊敬する人でもある」

「へぇ～……まぁ、どうでもいいか」

ソウキスも所詮《しょせん》は魔導士の家系。興味のないことにはとことん無関心だった。

そんな二人をよそに、友人でもありライバルでもあるクレストンとサーガスは、鼻息荒く口論中。こんな感じで二人は仲がいい。

余談だが、サーガスは基本的に自分の興味のないことには無関心であり、常に記憶にある歴史で使われた様々な戦術を思い浮かべ、近接戦闘が可能な魔導士の取り入れるべき戦法を思考していた。

その姿がいつも呆《ほう》けているように見えたので、昼行燈《ひるあんどん》と不名誉な呼ばれ方をされることになったのだが、本人は気にしていない。

どこまでも自分の意志を貫く人物なのである。

「――それは鍛え方が足りぬだけのことよ。速さなど筋肉さえしっかり鍛えておれば、後でどうにでもなる。魔法の補助もあれば、まさに無敵よ」

「魔導士も魔法以外で戦えるように鍛えることは儂《わし》も賛成じゃが、ガッチムチなどやりすぎじゃ！　相変わらず、お主はどこを目指しておるのか分からぬ」

「無論、最強の頂よ。貴様も体を鍛えぬから縮んでいく一方ではないか。かつてのイケメンぶりはどこへ消えた？」

「ほっとけ！　それより、お主はなぜここにおる。『貴族の集まりなど性に合わん。行くだけ時間の無駄だ』と言っておったではないか」

「なに、教え子の付き添いで来ただけのことよ。でなければ誰がこんな香水臭い場所になど来るものか」

サーガスのこの一言に、『あっ、僕、あのじいちゃんと気が合いそう』と心で賛同するソウキス。それとは別にツヴェイトは『教え子』という言葉に反応し、無自覚のままその人物の姿を捜した。

何者かの意図が働いたのか、あるいは運命の悪戯《いたずら》かただの偶然か、その人物は意外と近くにいた。

ツヴェイトとその人物がちょうど見つめ合う形となる。

その人物とは、クリスティン・ド・エルウェル子爵令嬢であった。

「「あっ……」」

本日を含め、二度目の見つめ合う視線のレーザービーム。

なぜか二人とも言葉を発することなく、不意にきた動悸《どうき》と気恥ずかしさで動けずにいた。

二人の間に恋という名の季節外れのハリケーンが吹き荒れている。

そんなことなど知らないソウキスは、不思議そうな表情でツヴェイトを眺める。

「ツヴェイト、なんで見つめたまま固まってんの？」

「………………」

「僕の話、聞いてる？」

「………………」

「……ふ〜ん。ねぇ、あの子を口説いてきてもいいかな？」

「はぁ!?　お前、いきなりなに言いやがんだ！」

「あっ、反応した。ふむふむ、なるほどね……」

ツヴェイトの態度でおおよそのことを理解したソウキス。

軽い足取りでクリスティンへ近づくと、『初めまして。僕はソウキス・ヴェル・リビアント。失礼ですが、貴女《あなた》のお名前を教えていただきたい。友人があの調子なので』などとのたまった。

「えっ？　あぁ……僕、いえ私はクリスティン・ド・エルウェルと申します。その、ソリステア公爵家に臣従する子爵家当主であります……」

「へぇ、女の子が当主なのか。珍しいね、それも騎士家なんだぁ～」

「は、はい……」

いきなり四大公爵家の跡取りに声を掛けられ、テンパったクリスティン。

そんな彼女の様子を見て、不謹慎だがツヴェイトは萌えた。

「あっ、それと君の普段の一人称は僕なんだね。いやぁ～、僕と被るねぇ～」

「す、すみません。その、男性が多い中で育ったものですから、自分が女性だという感覚があまりないので」

「うんうん。僕としては、その方が気楽でいいかな。ところで、君はツヴェイトとどんな関係？あの、普段は硬派を気取っておきながら、その実ムッツリなツヴェイトを釘付《くぎづ》けにするなんて、君って相当な逸材だよ……って、痛ぁ!?」

「……誰がムッツリだ！」

余計なちょっかいを出し、後頭部をツヴェイトに思いっきり小突かれ、痛みで涙目のソウキス君。

彼を背後から強襲したツヴェイトは、めっちゃ不機嫌だった。

「ひ、酷《ひど》いな……。ツヴェイトが硬直していて彼女を紹介してくれないから、僕が直接挨拶したんじゃないか。なんで殴られなきゃならないの？」

「余計な一言を入れなければ、俺も殴ったりしねぇよ。すまんな、クリスティン……。この馬鹿がいきなり迷惑をかけた」

「い、いえ……。その、お二人は仲がよろしいんですね」

「俺は、時々コイツが鬱陶《うっとう》しい」

「えぇ～っ⁉　僕とツヴェイトは親友じゃないかぁ～、その扱いは酷くない⁉」

仲が悪いわけではないが、ソウキスはある意味で弟のクロイサスと同類だ。

興味のあるなしにどこまでも忠実で、時折周囲の者達を振り回すトラブルメーカーなのである。

そんな彼と知り合って以降、ツヴェイトはなぜか被害を一身に受けることになった経緯がある。

何かをしでかすという面では同じだが、ソウキスの場合はツヴェイトが直接被害を受けることが多く、与《あず》り知らないところで騒ぎを起こすクロイサスの方がマシだった。

まぁ、そのクロイサスもツヴェイトに実害を及ぼさない代わりに、周辺に多大な迷惑を掛けているのだが……。

「お前は頻繁に問題を起こすからな、他の公爵家からも目を離すなと言われているんだ。なんで俺が保護者代わりをしなきゃならねぇんだ？」

「知らないよ。それに、僕は他人に迷惑をかけたことは一度もない。クロイサスと同類扱いしないでよ」

「本気で言っているのか？　いや、確かにお前の方が多少マシだが、行動が似通っているだけに少なからず被害が出てるんだが？」

「えぇ～？　改良した魔法を試そうと野外に出たり、持ち合わせがなくて街の素材屋からツケで素材を購入している程度なんだけど？」

「やってるじゃねぇか！　お前はいきなり姿をくらますから、周りが迷惑してんだよ！　せめて一言でも声を掛けてから外出しろ」

「知らない、聞かない、分かんない！　僕ちゃん自由は失わない！」

そう。ソウキスはとにかく奔放すぎた。

思いついたら即行動。仮にも公爵家の跡取りなのに、護衛もつけず街へと飛び出しては屋敷の使用人や従者を困らせる。

前触れなく突然行動に移すものだから、誰にも予測できない。

しかも無駄に隠密能力が高かった。

「お前んところの領地に行くと、なぜか俺が捜すハメになるんだよなぁ～……。クリスティン、気を付けろ。コイツに懐かれると俺みたいに苦労するぞ」

「あはは……」

「そんな僕を一発で見つけてくれるツヴェイト。これはそう、愛だ！」

「真顔で気持ち悪いこと言うなぁ!!」

堂々と男前な表情で愛などとのたまうソウキスを、ツヴェイトは感情的衝動で再び殴る。

一応は公の場なので手加減はしているのだが、それでも美少年（？）を殴るツヴェイトに対する非難の目は険しい。特に男性貴族の目が鋭い。

そして、一部腐った令嬢達が、耳を某空飛ぶ象のようにして聞き耳を立てていた。

「抱きしめたいな、ツヴェイト」

「……黙れや」

「ふん、いいもん。そんなことを言うツヴェイトは、一人寂しく会場を彷徨《さまよ》えばいいんだ。僕がいない寂しさで枕を涙で濡《ぬ》らすことになっても知らないからね」

「だから、気持ち悪いことを言うんじゃねぇ!!」

プリプリと怒りながら会場を出ていったソウキス。

だが、ここでツヴェイトはようやく彼の意図に気付く。

「しまった!? あ、あの野郎……俺を利用して逃げやがった！　間違いなくサボる気だぞ!!」

「えっ？　あの……ソウキス様は一応、公爵家の方ですよね？　そんなことをして問題にならないのですか!?」

「充分に問題行為だ。立食会の後にダンスが控えているから、馬鹿な野郎共から逃げるためにいち早く逃亡を企てやがったんだ。しかも即興で」

「なぜ他の男性から逃げるんですか？　ソウキス様って……」

「あぁ、男だ。だが、なぜか男にもモテる。今まで何度も野郎共からダンスに誘われ、その都度、俺に泣きついてきたんだ。今回も同じことになると踏んで、早々にこの場から立ち去る口実を作ったに違いない」

「凄いですね。咄嗟《とっさ》にでもそんな機転が利いたら、軍師になれるじゃないですか」

ソウキスは確かに機転も利く。

だがそれは、あくまでも彼自身の危機に対してだけであり、普段は多少の良識を弁《わきま》えている程度でどこまでも自己中だ。

ソウキスにとって嫌なことから逃げることは当たり前で、貴族としての義務や責任は重荷でしかない。本心を堂々と公言しては臣下の者達を泣かせていた。

これで次期当主なのだから先が思いやられる。

「後で親父《おやじ》に殺されんぞ……」

「デルサシス公爵は、そのあたりのことに厳しそうですからね」

「とばっちりを受けるのは、いつも俺なんだ。おそらく、この夜会が終わるまで逃げ切るつもりだろう」

「……ツヴェイト様」

クリスティンはツヴェイトの背中に哀愁のようなものを感じた。

デルサシスもソウキスのお目付けはツヴェイトに任せており、こうした貴族の義務からエスケープすることに対しては恐ろしく厳しい。何しろ連帯責任にされるのだ。

ツヴェイトの説明で、彼の悲哀を理解したクリスティン。

叱《しか》られることがここで確定してしまった。

真面目すぎて苦労する不憫《ふびん》な運命を背負っていたようである。

「なんか、すまないな。見苦しいところを見せた」

「い、いえ……でも本当に仲がよろしいんですね。友人がいないぼ、いえ私としては少し羨《うらや》ましいです……」

「まぁ、悪くはないな。時々、奴との縁を切りたくなるが……。それより普段の口調で話してくれてもいいぞ？　気になってしょうがない」

「そういうわけにはいきませんよ。それより、ソウキス様を捜さなくてもよろしいのですか？　僕、いえ私も手伝いますよ」

「親父も怖いが、立場的にこの場を離れられん。一応は主催者側なんだ。御爺《じい》様にこの場を任せきりにするわけにもいかない」

「あっ、そういえば先生と先ほど……」

「……あっ!?」

ツヴェイトは思い出す。サーガスとクレストンの口論を――。

二人は慌てて師と祖父の姿を捜し、会場内を見渡す。

会場にクレストン達の姿は見当たらず、急いで回廊に出てみると、中庭に出る扉の前に来賓の貴族達が不自然に集まっていた。

おそらくガチの勝負に発展したのだろう。

「えぇい、縮んだことで素早くなったか！　ちょろちょろと動きおって、大人しく儂の拳に沈めぇ!!」

「力任せの拳など、儂には効かぬわぁ!!　鈍重な攻撃など当たらねば意味はない。喰《く》らえ!!」

「ふははははっ！　そのような攻撃、儂の鍛え抜いた筋肉の前では無意味よ。無駄無駄無駄ぁ!!」

「「……」」

二人の身内は中庭で喧嘩《けんか》の真っ最中。

心なしか罵声が少し楽しそうに聞こえる。

「お二人は、友人同士じゃなかったのでしょうか？」

「喧嘩友達みたいなもんだろ。話には聞いていたが、マジで所構わず喧嘩をおっぱじめるんだな……。それよりも、ここまで聞こえるほど大声で叫ぶなよなぁ～」

クレストンとサーガスは、お互いが親友であると同時にライバルでもある。

二人が出会えば必ず口論に発展し、最終的には喧嘩を始めてしまう。

ツヴェイトも噂程度にこの話を聞いていたが、まさか事実だとは思わなかった。

しかも、大勢の貴族が集まる催しの場で喧嘩を始めるなど非常識であるのだが、貴族の間にその非常識が定着している可能性がなきにしもあらず。

実際、懐に余裕のある貴族達が既に賭けを始めていた。

賭けを仕切る胴元の中にどこかで見たメイドの姿がある。

「クレストン様、あのお歳でなんと軽快なステップ。煉獄《れんごく》の魔導士は今もなお壮健のようだ」

「サーガス殿、ますます肉体にキレが出ておる。実に逞《たくま》しい」

「さすが、破壊の魔導士と呼ばれるだけのことはある。あの一撃を受ければタダでは済むまい」

「いやいや、クレストン様のあの動きも脅威ですぞ。まさに蝶《ちょう》のように舞い、蜂のように刺す、だ。おぉ!?　あれは、デンプシーロールか!?」

「だが、一撃にサーガス殿ほどのパワーがない」

「だからこそ連続で拳を叩き込んでおるのだろう？　しかし、サーガス殿は見た目以上にタフなお方だ」

「おぉ～っとぉ、サーガス殿の顎《あご》に飛び膝蹴りが直撃！」

「嘘《うそ》だろ、アレを受けてなんで無事なんだ……。サーガス殿は本当に人間なのか!?」

「あの御仁《ごじん》、昼行燈って言われてなかったか？」

「サーガス殿は普段から魔力を練る訓練や戦術を考えていることが多く、その姿が呆けているように見えるため、そのような噂が立ったのじゃ。本来はもの凄く好戦的で危険な御仁なのじゃよ」

立食会の後は舞踏会が控えていたのだが、その前に武闘会が繰り広げられていた。

どちらも魔導士なのに魔法を一切使うことなく、肉体言語のみを駆使して存分に語り合っている。

しかもお互い無駄に格闘テクニックが高いようである。

来賓の貴族達が息を呑《の》むほど、二人の熱いバトルは目まぐるしく展開が変わるので目が離せない。

一秒たりとも見逃せない好勝負であった。

「御爺様……さすがに貴族としてどうかと思うぞ。他の者達に示しがつかんだろ」

「先生……公爵家のお屋敷で、なんで喧嘩なんて始めてしまったんですか……。下手をすれば家が潰されてしまいます」

「いや、親父も御爺様もその程度でお家潰しなんてやらねぇぞ。むしろ面白がって、『よろしい。禍根を残さぬように思いっきりやれ』って言う人だからな」

「その広いお心が、僕には逆に辛《つら》いですよぉ～」

クリスティンの取り繕っていた一人称が元に戻るほど、ソリステア公爵家の寛大さが辛かった。

むしろ痛い。心も、だが……。

「ぬおっ!?　クレストン様の蹴りとサーガス殿のパンチが、交差するかのように……」

「まさか、これが……」

「蹴りと拳のクロスカウンターだとぉ～～～～～～っ!?」

「いいものが見られたぜ」

二人の老人による喧嘩祭りは、その後しばらく続いた。

その陰で、司会進行役を任された一人の侯爵が涙を流して泣いていたことなど、会場にいる貴族の誰も知らない。

「フハハハハハ、ようやく体が温まってきたわい。ここからが本番じゃぁ!!」

「ぬふふ、何度でも挑んでくるがいい。貴様の攻撃など儂の筋肉で全てはじき返してくれるわぁ！　ついでに貴様に引導も渡してくれる」

「ぬかせぇ！　やれるものなら、やってみせるがよいわ！」

「上等じゃぃ、吐いた唾は飲めんぞ！　死にさらせやぁ!!」

こうして、プログラムにあったダンスは中止され、公爵家主催のバトルマッチが延長戦へと突入したのであった。

その裏で教え子と孫が頭を抱えていたのは言うまでもない。

第一話　夜会の裏で時代は動き、会場は混乱する

夜会の席がクレストンとサーガスの私闘の場に変わりはて、ツヴェイトとクリスティンが頭を抱える少し前。

デルサシス公爵は信用のおける一部の貴族達と共に会議を行っていた。

彼等はただの貴族ではなく、再編された魔導士団と騎士団の軍務部に携わっている者達であり、それが何を意味するのかは招集された彼等が一番理解している。

貴族達の座る席の前の長テーブルの上には、ある計画が詳細にまとめられた書類と、彼等が呼ば

れた理由でもある特殊な武器が置かれていた。

「デルサシス公爵……。これが先刻、我等に通達なされた武器なのですか？」

「うむ。正確には、メーティス聖法神国で作り出された武器を回収し、我が派閥の魔導士達の手で改良されたものだ。旧時代で使用されていたモノの模造品とも言えるがな」

「杖《つえ》……ではないですな。この筒状の部分から何かを射出するのでしょうか？」

「結構、重いな……。だが、剣ほどではない」

彼等は貴族であるが、同時に軍務に携わるだけに、銃という武器がいかなるものか一目で見抜く。

しかし実戦で使えるかについては懐疑的であった。

「穴の大きさからして、射出するのは小さな金属の塊なのではないかね？」

「なるほど……。弓の場合だと矢が相当な数量になり、補給物資を圧迫するが……」

「小さな金属となると、補充の矢を運ぶよりかさばらないか。しかし、このような武器に殺傷力があるのですか？　メーティス聖法神国で生産されているという話ですが、実戦で使用されたという話は聞いたことがありませんぞ」

「貴殿等の疑問ももっともだが、メーティス聖法神国の武器は既に使われたことがある。ちょうど、イルマナス地下街道が開通した頃にだ」

一瞬、会議の場がざわつく。

デルサシスはソリステア魔法王国から地下都市イーサ・ランテを経由し、アルトム皇国へ続くイルマナス地下街道が開通した頃に、外交として使者を送った。

これは現国王も承知している。

その時に刺客によって襲撃され、アルトム皇国の戦士団と共に撃退した話を彼等に伝えた。

当然だがゼロスの存在は秘匿《ひとく》されている。

この話は国の重要な機密であるとともに、捕らえた勇者達の情報をメーティス聖法神国に伝えないようにとアルトム皇国との間で密約が交わされ、貴族達でも相応の地位にいなければ知ることのできない情報であった。

それを、わずかとはいえ貴族達に開示したということは、この武器がこれからの軍に大きな変革をもたらすほどの機密事項であると彼らは察した。

「今、貴殿等が手にしている試作品、この銃という武器は大変に危険な代物だ。何しろ魔力を使えるのであれば、女や子供でも容易に人を殺せる。数を揃《そろ》えれば軍の運用にも大きな変化をもたらすだろう。だが、民間に出回ることは絶対に避けねばならん。わずかな情報が広まっただけでも、作ろうとする者がいるだろうからな。どうしても極秘事項にせねばならなかったのだよ」

『『『『あぁ……なるほど』』』』

貴族達の脳裏に、ドワーフという種族の姿が共通して過《よぎ》った。

ドワーフは種族の全てが良くも悪くも技術者である。そんな彼等に銃という武器の情報が少しでも伝われば、嬉々《きき》として試作を始めることだろう。

その職人としての情熱は凄《すさ》まじく、モノが完成するまで持続するほどだ。

それこそ寝る間を惜しみ、死ぬまで研究し続けるほどに……。

「諸君等の前にあるのはライフルという遠距離攻撃用のものだが、この技術を用いれば手のひらサイズのものも作れるだろう。その意味が諸君等に分かるかね？」

「女や子供でも簡単に人が殺せるということは……」

「下手に出回れば犯罪が増えそうですな。犯罪組織もこの手の武器を利用しようとするでしょうし、厳格な法律を制定する必要が出てきますね」

「容易に手に入れられる状況は好ましくないですな。特に暗殺などに使われたらまずい」

「むしろ、私としては望むところなのだがね。フフフ……」

「「「「デ、デルサシス公爵!?」」」」

常に刺激を求めるデルサシスは、バイオレンスな世界になること自体は大いにウェルカムだ。

しかし、自分がよくても他人を巻き込むことは認めないので、銃が世間一般に出回るような状況を望んでいても、それを自らが実行するような真似はしない。

何より銃犯罪などという新たな厄介事は、今後引き起こされる犯罪の幅を広げるだけでなく、捜査の面でも新たな技術を確立させなければならなくなる。

そこに辿《たど》り着くまでどれだけの時間が必要になるかを考えると、銃は最初から軍だけが使用し、一般に出回らないよう規制したほうが手っ取り早い。

生産ラインも国が直接管理すれば、銃による犯罪発生率もある程度は抑制することができる。仮に銃犯罪が起きたとしてもまず疑われるのが軍部だ。

何しろ、銃を手に入れられるのは軍に携わる者だけに限られ、まして横流しを行ったとなると、相応の地位を持つ者が裏で手を貸したと断定できる。

監視対象を狭めることが容易となるのだ。

そうした地位にいる者達を軍部が監視するだけで、ある程度の犯罪発生と違法行為を抑制することが可能であるとはいえ、それでも楽観視はできるものでもないが……。

銃という武器で国の防衛力が引き上げられることは、国人として見れば喜ばしいことであり、犯罪を防ぐために最初から銃を作らないという選択肢はない。

既にメーティス聖法神国で火縄銃という原型が作り出されている以上、銃が世に広まるのが早いか遅いかの違いでしかなく、デルサシスもいずれ情報や技術が拡散すると考えていた。

なればこそ早い段階で銃に対する危険性を世間に伝え、厳重管理のもと、扱う騎士団の配備を同時に始めるべきと判断を下した。

「それが、この【魔導銃士隊構想】ですか。このことを陛下は？」

「既に伝えてある。陛下は、『なんで勝手にそんな計画立ててんの？　もう、お前が国王でいいじゃん。俺、すっかりお飾りだよね？　玉座に座ってるだけでさ……』と拗《す》ねておられた。残念ながら私は裏方に徹するのが好きなのでね、玉座などさほど魅力には思わんよ。くれてやると言われても要《い》らぬがな」

『『『陛下ぁ～～～～～～～っ!!』』』

貴族達には国王の嘆きが痛いほど伝わった。

デルサシス公爵のような傑物はソリステア魔法王国の歴史を見ても他にはおらず、恐ろしく有能な人物であることも確かなのだが、残念なことに小国一つで収まるような器ではない。

しかも面倒なことに、本人は王位という立場を望むような性格ではなかった。

要は陰で国を操る黒幕的な立ち位置を望んでおり、宰相などの要職には興味がなく、面倒事に首を突っ込む気も更々ない。むしろ公爵という立場すら煩わしく思っている可能性もある。

「ツヴェイトも、もう少し頼り甲斐《がい》があればさっさと公爵の地位を譲るのだが、まだまだ未熟の域を出ん。荒療治で鍛えることも考えたが、我が子の人格が壊れてしまうのはさすがに望まぬ。しばらくこの要職を続けるしかないとは、人の成長ばかりはままならぬものだな……」

『『『『息子さん、逃げてぇ～～～～～～っ!!』』』』

思っている可能性どころか、ガチで考えていた。

人格が壊れるほどの荒療治がどのようなものか想像できず、実に恐ろしい。

「い、いや、公爵……ツヴェイト殿は優秀ですぞ？　なにも、そこまで急がなくともよいのでは……」

「公爵という立場は何かと仕事が多くてな、自由に動ける時間を作るのに手間がかかるのだよ。こんな地位はさっさと跡取りに押しつけるに限る。そう思わんかね？」

『『『『こんな地位って言っちゃったよ、この人……。我等に聞かれても答えようがねぇだろ。どうしろと!?』』』』

領主としての仕事に加えて商会の会長職を片手間にこなす男に、貴族達は何と答えてよいのか分からない。それだけハードな時間を過ごしているのに、今も色々と逸話が後を絶たないのだから不思議だ。

忙しい合間を縫って、という状況でこれなのだ。爵位をツヴェイトに譲り自由になれば、彼がどのような行動をするのか誰も想像すらつかない。

「さて、話が脱線してしまったな。この銃――正式呼称名は【魔導銃】だが、この武器は戦争の在り様を一変させる可能性を秘めている。正しく運用するにも実験部隊を創設せねばならぬのでな、諸君の力を借りたいのだ。これから先の時代、剣は廃れていくことになるだろう」

「剣術が意味をなさぬ時代が来ると!? そうか、数を揃えれば攻撃を集中させることで敵を一掃できる……。わざわざ敵に接近する必要もない」

「だが、そう上手《うま》くいくのかね？ 中遠距離特化になれば、近接戦に持ち込まれた時に不利になるのではないか？」

「いや、剣術や格闘術も無駄にはならぬだろう。近接戦闘術も叩《たた》き込んでおけば、様々な状況下で部隊を運用することが可能となる。しかし、貴族としての伝統や誇りが失われぬか心配じゃな。この魔導銃士隊構想を読む限りじゃと、とても騎士の戦術とは思えん。恐ろしく合理的じゃ……」

魔導銃士隊構想に書かれた戦術案では、その部隊運用方法は恐ろしく組織化され、ただ戦争に勝つことのみに集約されていた。

ゼロスやアドが見ればさほど驚くこともない現代戦術も、この異世界では効率的で斬新なものではあるのだが、効率のみを重視した内容は人間性を全く感じられないものだった。

敵を殺すことに特化していると言ってよい。

歴史や伝統、名誉や誇りを重んじる貴族達にとって、この戦術案は自分達の常識を破壊しうる、畏怖《いふ》に値すべきものだ。何しろ一騎打ちなど愚の骨頂、とまで記されており、そのような状況に至る前に敵に損害を与えることを優先している。

正々堂々戦うなどという甘い戯言《ざれごと》は完全に無視され、常に効率だけが重要視されている。

国防の軍隊として見れば実に頼もしいが、まるで亡者の軍隊のようで薄気味悪いものに貴族達は感じていた。

「まずは実験部隊の創設じゃが、それ以前に魔導銃の製造は間に合うのかの？　人だけを集めて武器がありませんでは、話にならんのじゃが……」

「エンバール侯爵、心配することはない。既にいくつか試作品が完成している。あとは実際に使い、組織化を図っていくだけだ。何しろ、ドワーフ達が張り切っているのでな」

『『『おいおい、ソリステア派の魔導士や職人達……死んだんじゃね？』』』

魔導銃士隊構想とは別の意味で戦慄《せんりつ》する貴族達。

ドワーフの職人気質は常軌を逸しており、彼等の職場はまさに地獄だ。

特に見習いなどの駆け出し職人への扱いは奴隷よりも酷《ひど》い。

そこに人権などは存在せず、あるのはただ良いものを作るという一念だけだ。

彼等の生活の八割は趣味を兼ねた仕事優先であり、まさに重度の仕事中毒者《ワーカホリック》。あるいは職人鬼《ワーキングオーガ》だ。

ちなみに残り二割は食事と酒である。

「私は屋敷の改築中、後から手直しを要求しただけなのに思いっきり殴られた……」

「装飾を派手にしてくれと言ったら、『そんな下品な要求は断る！』と言われ、次の日から作業をボイコットされた」

「君らはまだマシだな。儂《わし》の場合、新たに屋敷を建てようと設計を頼んだのだが、二ヶ月以上幽閉されて設計のチェックをやらされた……。解放された時は神を信じたほどだ」

『『『『あいつら、おかしいよ……。被害を受けた魔導士達もかわいそうに……』』』』

権力を持つ貴族達すら恐れる職人種族、それがドワーフである。

妥協を許さない彼等に意見するなど自殺行為に等しく、少しでも品性が落ちるような設計や装飾を注文すれば、老若男女問わず殴りかかるほどに凶暴。

そんなドワーフの犠牲となった魔導士達のことを思うと、なぜか貴族達の目元から同情の涙が溢《あふ》れてくる。心に刻まれたトラウマを思い出したのかもしれない。

そんな貴族達の心境などかまわず、しばらく会議は続けられた。

部隊編成においての予算案や訓練する場所の選定、信用できる指揮官の候補者選び、特殊な武器なので今までの訓練方法の見直しなど、様々な話し合いを行った。

そして二時間後――。

「さて、まだ予算の話や部隊拠点など話を詰める事項が多々あるが、ここで少し休憩を入れるとしよう。残りの話は一時間後、この場所に集うということで」

「そ、そうですな。私も息子が女性と知り合えたか心配でして」

「娘が意中の男を射止めたか、私も気になっているところですよ。良い出会いがあれば幸いなのですがね」

「うちの息子、同性にしか興味がなくて困っているんですよ。なんとかなりませんかな？」

「おや、そちらもですか。私の娘も女性にしか興味がないようでして……」

「お主らはまだよい……。儂の孫は女装癖じゃぞ？　もう一人は他国で何人もの男を襲い、牢《ろう》に入れられ前科持ち……。反省すらせず『若い果実が食えなかった』と嘆いておった」

夜会とは貴族同士の交流の場である。

当然だが後継者と他家の令嬢との縁を結ぶ出会いの場でもあるが、この時点でその役割が破綻していたことを彼等は知らない。

どこかの老人二人が熱いバトルを始めてしまっていたからだ。

何も知らない貴族達はデルサシスに頭を下げ部屋を出ていき、残された彼も最後に席を立つ。

供を引き連れて扉を出たとき、デルサシスは見知った少年っぽい青年の姿を確認する。

ツヴェイトのもとから離れた逃走中のソウキス君だった。

「どこへ行くのかな、ソウキス。君はこの時間、舞踏会に参加しているはずだが？」

「デ、デルサシス公爵……。あはは、舞踏会ね。それは中止になっているんじゃないかなぁ～」

「ほう、それはどういう意味なのかね？」

「えぇ～と……クレストン元公爵がガチムチ巨体の爺《じい》さんとガチで喧嘩《けんか》を始めてさぁ、ダンスどころじゃないよ。あの広間は今頃、別の意味で白熱していると思うよ？」

「……あのジジィ、また始めたのか」

デルサシスは会議前、夜会の会場となっている広間でサーガス老の姿を確認していた。

実父と出会えば間違いなく喧嘩になるとは予想していたが、こうも早く事態が進むとは思っていなかった。仮にも公爵主催の催しなのだ。

クレストンも公の場ではもう少し分別があるだろうと思っていたのだが、ライバル同士の邂逅《かいこう》はデルサシスの予想を超えるものであったらしい。

これでは出会いの少ない貴族の子息令嬢の婚活が進まなくなってしまう。

「我が家名で開いた夜会を、隠居したとはいえ身内がぶち壊すとは、な。父上には後で私から物理的な仕置きをするとして……」

「えっ？　なんで僕を見るの？」

デルサシスの眼光がソウキスを射貫《いぬ》く。

思わず後ろに下がる彼だったが、デルサシスと出会った時点でもう遅い。

「ソウキス……私は君の父上から、どこかのご令嬢と良縁の誼《よしみ》を繋《つな》いでくれと、泣いて頼まれているのだがね？」

「いやぁ〜、でもあの騒ぎじゃ意味がないでしょ。それにツヴェイトの邪魔をするのも友人として気が引けるよ」

「ふむ、あのツヴェイトにそのような縁があったのかね？　興味深い話だ」

「そうそう、エルウェル子爵家とか言ってたよ。朴念仁なツヴェイトのくせに、隅に置けないよねぇ〜」

「あの娘か……。ふむ、悪くない話だな。で？　それと君が会場を離れるのと、何か関係があるのかね？　君も相手を探さねばならない立場のはずなのだが、なぜここにいるのか理由を聞かせてもらおう」

「うっ!?」

ソウキスもリビアント公爵家の名代として夜会に参加しているが、その理由は当然だが婚約者に値する令嬢を探すことにある。

彼も公爵家の跡取りなのだ。立場的にはツヴェイトと同じで妻を迎えねばならないのである。

「リビアント公爵家の名代とは名目で、本当は結婚相手に相応《ふさわ》しい女性を探すために我が領地に来たことは、既に承知している。その君が貴族としての責務を放棄するのかね？　それも我が主催の宴の場で……」

「えぇ～と、さすがにあの状況では無理でしょ。賭けも始まってるし、収拾がつかなくなっているんですけどぉ～？」

「それでも会場を離れる理由にはならんよ。大方ツヴェイトを言いくるめ、その場から退散したのであろう？　あいつは腹芸が未熟だからな」

「うっ……」

反論が許されぬ空気だった。

ツヴェイトに気になる女性がいたことは驚きだったが、このような面倒な席から離れるには都合がいいと、これ幸いとばかりに馬鹿なことを言って会場から退散することに成功した。

しかし、逃げる途中で厄介なデルサシス公爵と出くわすなど想定外である。

いや、ソリステア公爵家の屋敷である以上、充分に予想できる事態だった。

逃げたくても、蛇に睨《にら》まれた蛙《かえる》状態。

結婚なんて面倒と強く思っていただけに、デルサシスという壁に突然ぶつかり、越えていくには無謀すぎた。

逃げられない。

「私もこれから会場へと向かうのでね、何なら知り合いの貴族の令嬢を紹介しよう。『逃げ出すようなら、手頃な相手と強引に婚約させてもかまわない』との許可も得ている」

「父上……なにがなんでも僕を結婚させたいのか」

「当然であろう？　なに、君が早く孫を作ってしまえば問題のないことだ。確か、グリューン辺境伯のところにも同年代の娘がいたな」

「ちょ、あの娘《こ》は性格はいいけど、体格がヘビー級じゃん!!」

「太っているなら、男として彼女を痩せさせてみたらどうかね？　それができるか否かで男の器量が試されるというものだ。物事から逃げだす君には、ちょうど良い相手だと思うのだが？」

「やだよぉ、一応だけど僕も容姿にはこだわるからね!?」

「彼女の母親はなかなかに美しい女性だが？　痩せればおそらく母親と同等の美人になるだろう。グリューン伯は娘を溺愛しすぎておるからな、そこを巧《うま》くやれば彼女もダイエットを始めるかもしれん。全ては君次第だが、な」

ソウキスは戦慄する。

このままでは強制的に婚約させられ、逃げようとすれば結婚すら強行される可能性が出てきた。何しろソウキスの父親は彼の結婚を半ば諦めていたが、跡取りはどうしても必要なため多少の無茶はやりかねない。

御家《おいえ》存続のためならソウキスの意志などゴミ以下の価値でしかない。

「あの……。ちなみに、デルサシス公爵の娘さんじゃダメなのかなぁ～……なんて、ひぃ!?」

ソウキスは婚約の相手にデルサシス公爵の一人娘、セレスティーナを候補に挙げた。

だが、その言葉を聞いた瞬間にデルサシス公爵から、とんでもない殺気が放出される。

「言葉をよく考えてから口にしたまえ。私はセレスティーナを貴族にするつもりはない。あの子には、自由な人生を歩んでもらいたいのでね。余計なことを言いだせば家ごとこの世から消えてもらうことになるが、それでも君はセレスティーナを求めるのかね？　良い覚悟だ」

「い、いえ……ごめんなさい。今言ったことは忘れてください、お願いしましゅ……」

「よかろう。一度だけ見逃すが、次に同じことを言えばどうなるか、分かっているね？」

「はい、二度と言いません！」

「よろしい。なら共に会場へと向かうとしよう。頼まれた手前、私なりに何人か君に令嬢を紹介してもらえるよう、他家に頼んでみることにする。二度と愚かなことを言わなければ、だがな」

「オネガイシマス」

ソウキスの敗因。

それは、デルサシス公爵が想像以上に親馬鹿だったことだ。

強烈な殺気を浴びせられた彼は、これからお肉になる運命の牛が如く、夜会の会場である広間へとドナドナされていった。

数週間後、ソウキスはポッチャリ系令嬢と婚約することになる。

彼は、怒らせてはならない人物を怒らせてしまったことを、それはもう激しく後悔したとか……。

◇　◇　◇　◇　◇　◇

結論から言うと、サーガスとクレストンの喧嘩は決着がつかなかった。

歳の割に軽快なフットワークと巧みな技で応酬するクレストンと、圧倒的なタフネスと防御力で攻撃を受けきる一撃必殺タイプのサーガス。

互いに決め手を欠き、ただ殴り合うだけで時間が経過しただけに終わる。

デルサシスが一喝せねば延々と同じことが繰り返されていたことだろう。

だが、デルサシスの仲裁もしばらく時間が経過した後であり、その間は多くの貴族達が二人の戦いぶりに盛り上がっていた。

婚活の場がタイトルマッチの試合会場と化し、既に手遅れの状態だった。

そして現在、サーガスとクレストンは正座させられ、デルサシスの小言を聞かされている。

「………先生は、なんであんな馬鹿な真似をしたのでしょうか？　僕には男性の考えていることが分かりません」

「いや、俺も分からねぇよ。あの二人が特殊なだけじゃないのか？」

正座したままデルサシスの説教を受ける老人二人を眺めながら、クリスティンとツヴェイトは凄《すご》くいたたまれない気持ちになっていた。

仮にも多くの貴族が集う場で、大立ち回りを繰り広げた祖父と尊敬する師。

建前上の無礼講という言葉でも、貴族であればそれなりの節度を持つのは当たり前であるのに対し、この二人はまさに無礼に暴れ回った。

しかも宴の主催側である公爵家の人間と、事実上は平民の魔導士という両極端の二人がだ。

それを受け入れ、賭けまで始める他の貴族達もどうかしている。

「最近、この国の貴族の常識が、他国とズレているんじゃないかと思うことがある」

「どこの貴族でも、普通はこのような場で暴れ回るなんてことはしませんよ……。まして盛り上がるなんて、無礼講の域を超えていますよ」

「こうなると、陛下の前で壮絶な殴り合いをしたという話も、信憑性《しんぴょうせい》が増してくるな」

「なんですかそれ、初めて聞きましたよ!?」

ソリステア魔法王国の貴族内には、『いや、普通はありえないだろ。何それ!?』というような噂《うわさ》が多々ある。『魔導士家系の貴族は、どこかおかしい』と言われる所以《ゆえん》でもあった。

ツヴェイトも少なからず事実はあると思っていたが、全てを信じていたわけではない。ただ身近に非常識な人種がいるので納得できてしまっただけのことだ。

最初は父親と実の弟に対してだが、最近では祖父も同類なのだと自覚したできてしまったのだ。

「俺、真面目な貴族を目指すことにする。絶対にああはなりたくねぇ」

「そんな、全ての貴族が非常識なわけではないと思いますが」

「いや、魔導士家系の貴族……特に公爵家の連中は非常識な奴等が多い。親父《おやじ》しかり、御爺様しかり、弟もまたしかりだ。ソウキスもそうだな。なんで、頭一つ抜きん出たトラブルメーカーが生まれるんだろうか……」

「そ、そこまでなんですか!?」

「……フッ。たまに家族の中で、俺だけが凄く浮いているように感じることがある。妹も……まともとは言えないな」

ツヴェイトの家族を見る目は、最近、酷く冷めていた。

裏で何をやっているか分からない父親に、超がつくほど孫娘を溺愛する祖父。

実験と称して何かと騒ぎを引き起こす弟に、まともだと思っていたら腐の道に足を突っ込んだベストセラー作家の妹。

個性があるといえば聞こえは良いが、ツヴェイト以外の全員が常識を根底から叩き折る強烈なインパクトを持っていた。その中でツヴェイトだけが真面目一辺倒。

特徴的な個性もなければ特殊な趣味や性癖もなく、面白みの欠片《かけら》もない。

あえて挙げるとすればツッコミ役だろうか。

「個性は魅力だというが、あんな強烈な個性なら俺はいらねぇ……。つまんなくてもいいじゃないか、人間だもの」

「ツヴェイト様、背中が煤《すす》けてますよ⁉　実は少しだけ強い個性に憧れているんじゃ……」

「否定はしない」

強烈な個性は傍目《はため》には魅力的に見えることがあり、真面目一辺倒など地味としか思えない。

例えば父親のデルサシスだが、数多い仕事を効率よくこなし、空いた時間に自由に行動している。何をしているかは不明だが、そこがミステリアスな魅力となる。

突出した何かを持つ者は、それだけ魅力的に見られるものなのだ。そこに憧れや羨望《せんぼう》を抱いたとしても間違いではないだろう。

ツヴェイトもそのあたりのことは自覚しているのか、クリスティンの問いかけにあっさりと肯定した。

「まぁ、ツヴェイト様の気持ちは少しだけ分かる気がします。僕もこれといった個性なんてありませんから。母や姉様達は華やかなのに、僕だけが凄く地味……」

「そうか？　俺には魅力的に見えるがな。女の身で騎士を目指すなんて奴は少ないし、信じた道を懸命に進むところは魅力のうちに入らないのか？」

「そ、そんなこと……。僕は憧れていた父さんが死んで、少しでもその背中に追いつきたかっただけですから、これが個性と言われても自信はありません」

「最初はそんなもんだろ。俺も似たようなもんだしな」

クリスティンが父親の騎士としての姿に憧れたように、ツヴェイトもまた祖父の魔導士としての姿に憧れていた。幼い頃からその憧れを抱き研鑽《けんさん》してきて今の自分がある。

ただ、性別や生まれた家系などの要因が加わることで、周囲の目からは様々な意識を向けられることがある。クリスティンの場合は嘲《あざけ》りで、ツヴェイトの場合は公爵家の地位を利用しようとする者の欲望や野心だ。

頑張るほどに『女のくせに』と言われるクリスティンと、どうしても公爵家の跡取りとしてしか見られないツヴェイト。

強い個性に対する憧れと自身に対するコンプレックスを少なからず胸に秘めていた。

要はこの二人、似た者同士なのだ。

「女性騎士、いいじゃないか。人がやろうとしないことに挑んでいるんだぞ？　充分に魅力的に見えると俺は思う。卑下する必要なんてない」

「ツヴェイト様も、公爵家としての重圧から逃げず、その地位に相応しくなろうと頑張っているじゃないですか。魅力がないなんて嘘《うそ》です」

「そう思うか？　公爵家の責務はあくまで義務だし、褒められる要素はないと思うが」

「王家の次に民の上に立つ立場なんですよ？　そこから逃げず受け入れていることは、凄いことだと思います」

ツヴェイトは公爵家としての責務を受け入れてはいるが、そこは長兄として生まれた逃れようのない現実としか考えていなかった。逃げられないのではなく、逃げることすら許されないのだと一種の強迫観念に囚《とら》われていた。

以前、セレスティーナにも『公爵家を背負う者としての道しかない』と言ったことがあるが、それもこうした想《おも》いが内にあったからだ。

そこには諦めのようなものがあったのかもしれない。

だが、そんな情けない自分を『凄い』と言ってくれるクリスティンの言葉に、『自分は間違っていなかった』という思いが湧き上がってくるのを感じた。

『はは……男は単純だというセリフがあったが、どうも正解のようだ。女に言われてその気になる。マジで単純だな』

自嘲気味に心の中で笑うツヴェイト。

そんな彼に対して真剣な目を向けているクリスティン。

真っすぐなその瞳に気恥ずかしさを覚えつつ、同時に嬉《うれ》しさもこみあげてくる。

「ところで、クリスティン。一人称が『僕』に戻っているぞ？」

「えっ!?　その……すみません！　僕、いえ私ったら、とんだ失礼を！」

「気にすんな。俺はその程度のことを受け入れられないほど度量は狭くねぇ。むしろ可愛《かわい》いと思うしな」

「えっ!?」

「「…………」」

次の瞬間、互いの顔が真っ赤に染まる。

自分が何を言い、何を言われたのか互いに気付き、羞恥《しゅうち》で固まったのだ。

そんな青春の一ページを突き進んでいる二人を、意外と近くで見つめる三人の姿があった。

「ふむ、ツヴェイトにしては上出来だが、まだまだ青い……」

「青春じゃのぅ、若い頃を思い出すわい。見ているだけで尻が痒《かゆ》くなるが……」

「ふん、多少は骨のある若造かと思っておったが、女にうつつを抜かすようでは強くなれん。全てを捨てて鍛えてこそ、真の強者に至れる。まぁ、クリスティンがこのまま未婚で終わるのは些《いささ》か問題だが……」

若い二人を渋い笑みを浮かべ見守るデルサシスと、孫のこの世の春到来に喜ぶクレストン。教え子の将来を多少なりとも気にかけていたサーガス。

邪魔をしているわけではないが、普通に人はこれを出歯亀と言う。

「お主は、そんなんだから女房に逃げられたのだ。生涯独身などと嘯《うそぶ》きおって、儂が知らぬとでも思っておるのか？」

「なっ、貴様……知っていたのか⁉」

「たまたまじゃがな。妻にも筋肉強化トレーニングを強要しておったのじゃろ？　その突き抜けた筋肉思想には儂もドン引きじゃぞ」

「ぐぬぬ、儂が悪いわけではない……。儂の理想を理解せぬ世間が悪いのだ‼　魔導士に必要なのはあらゆる局面に対応できる肉体。そう、筋肉だぁ‼」

「サーガス殿。それは一種の歪《ゆが》んだテロリズム思考だと思うのだが、今の状況ではただの見苦しい言い訳にしか聞こえん。ここは沈黙をすべきですな」

ツヴェイトとクリスティンの二人は、自分達だけの世界に入っていて気付いていなかったが、当然ながらデルサシス達以外にも見ている人達がいた。

そこにはクリスティンを狙っていた他家の御曹司や、次期公爵夫人の地位を狙った野心持ちの令嬢の嫉妬の目もあったが、この二人には関係なく、初々しいバカップル状態の青春真っ盛り。

客観的に言えばただのリア充である。

他人の目などお構いなしに、嬉し恥ずかし恋の旋風が吹き荒れまくっていた。

第二話　ツヴェイトとクリスティン、いまだ恋と気付かず

ソリステア公爵家主催の夜会……とは言い難い催しが無事（？）に終わり、来賓の貴族達は公爵の屋敷に宿泊し、近隣の貴族はその日のうちに自分の領地へと帰路につく。

遠方から訪れた貴族ほど数日は滞在し、それ以外は別件の理由で残る貴族もいた。

その別件とは、デルサシス公爵との密談に参加した貴族であり、時間をかけて魔導銃士隊構想をまとめるために残った者達だ。

では、それ以外の貴族はどうであろう。

例えば子爵令嬢でもあるクリスティン・ド・エルウェル。

「さて、領に戻る前に僕の用事も済ませないとね」

荷物をまとめながら、クリスティンは一人呟《つぶや》く。

ベッドの上には、たった今片付けた着替えを入れた大きな鞄《かばん》が置かれ、その横には手のひらサイズの包みだけが残されていた。

クリスティンが夜会に参加した理由は、建前上は母の名代であるが、本当の理由はこのサントールの街に用があることだった。

正確にはこの街にいる腕の良い鍛冶《かじ》職人に、だが。

「……オリハルコン。これを扱える鍛冶師がいればいいんだけど」

【オリハルコン】。それは、単体では柔らかいだけの粘土のような鉱物だが、特殊な性質を持っていた。

他の金属と混ぜ合わせることで硬度や魔力の伝導率を変化させ、より強力な武器を作ることを可能にする夢の媒体。剣であれば鉄の塊を容易に断つことが可能となる伝説級の鉱物だが、それにはどうしても腕の良い鍛冶師が必要不可欠だ。

無論、その剣の使い手もではあるが。

使い手の技量はさておいて、騎士貴族の家柄としては家宝となる剣を持つことは一種のステータスである。特に国王から賜った剣などがあれば、御家《おいえ》断絶になるような罪を犯さない限り、国が滅びるまで安泰だとも言われている。

エルウェル子爵家にはそのような武器はなかった。

アーハンの廃坑で偶然手に入れたオリハルコンだったが、困ったことにエルウェル子爵領にはこの手の鉱物を扱える職人がいない。

当初はオリハルコン製の剣を自分が使うことに固執していたが、職人が見つからず諦めてミスリル製の剣を先に作り、オリハルコンはしばらく放置していたのである。

しかし、オリハルコンの剣という魅力は捨てがたく、夜会の招待状が届いたことで想いが再燃し、せめて家宝となる剣を、と職人の多いサントールの街へと訪れたわけだ。

何しろ、サントールの街にいる職人の腕は他国にも知れ渡っており、メーティス聖法神国からも剣を鍛えるために訪れる聖騎士もいるほどだ。

問題があるとすれば――、

「……ドワーフの人だったら、どうしよう」

――そう、職人がドワーフだった場合である。

職人気質のドワーフはとにかく妥協をしない。希少な鉱物を手にすれば、それこそ嬉々《きき》として鬼気迫る勢いで剣を鍛え始めるだろう。

客の要望や今まで行っている作業を一切無視して、だ。

邪魔をするならたとえそれが依頼者であっても鉄拳が飛んでくるほど、彼等は意欲的に作業に勤《いそ》しむことだろう。クリスティンはそれが怖い。

鼻歌交じりで常識の斜め上を行くドワーフの職人を相手にすると、絶対に碌《ろく》な目に遭わないことは有名な話だ。それだけ彼等の種族特性は広く知れ渡っていた。

「ダメダメ、弱気になっちゃ！　家宝となる剣があればウチも少しは箔《はく》がつくだろうし、最高のものなら王家に献上すればなんとか家の存続も……」

オリハルコンの剣を鍛える理由は二つあった。

一つは亡き父と同じく、自分の手で最高の剣を手に入れたいという欲求だ。

もう一つは比較的地味なエルウェル子爵家に箔をつけるため、家宝となる剣を求めたからである。

オリハルコンは伝説級の鉱物であり、そのような剣があれば多くの貴族からも一目置かれること
は間違いなく、婿入りを希望する貴族家の子息が増えるかもしれない。

特に貴族家の次男や三男坊の立場は一般人と変わりがなく、伝説級の剣は婿入りした彼等に大き
な名声を与えてくれる。要は釣りの餌だ。

だが、そこに人間性が考慮されていないところがクリスティンの甘いところだった。

養子縁組など貴族であればどこも同じことを行っているが、ここでクリスティンはなぜかツヴェ
イトの顔を思い出し、言葉を継ぐことができなかった。

『な、なんで……ツヴェイト様の顔を思い出すのぉ～っ!?』

御家のために政略結婚を受け入れているクリスティンだったが、まさか自分が恋に落ちていると
は思っていなかった。

困ったことに母親以外は周りが全て男だらけの環境で育ったため、そうした感情の変化に気付い
ていない。そもそも気付けない。

純粋真面目鈍感少女に育ってしまっていた。育ってしまったのである。

「……落ち着いて、深呼吸……。すぅ～～はぁ～～～～っ。よし、気を取り直して職人街に行こう。

先生、起きているかな？」

荷物を手に屋敷の客室から出たクリスティン。

ここでお約束の展開が勃発《ぼっぱつ》する。

「きゃ！」

「おわっ!?」

部屋を出てすぐにツヴェイトとぶつかった。

「いつつ……って、クリスティンか。大丈夫か？」

「ツ、ツヴェイト様!?　ひゃい、僕は大丈夫ですぅ！」

「なんでキョドってんだ？　まぁ、いいけど……怪我はないよな？」

「大丈夫ですよ。ちょっとお尻が痛いだけで……」

「立てるか？　ほら」

「ひょえ？」

何気に出されたツヴェイトの手に、クリスティンは動悸《どうき》が抑えられない。

そんな彼女の心境の変化も知らず、ツヴェイトはクリスティンの手を引き、立ち上がらせる。

内心で、『ぼ、僕、どうしちゃったのぉ〜〜〜〜っ!!』とパニクっているクリスティンだった。

「よそ見をしていた俺も悪かったが、クリスティンも気を付けろよ。ところで、なんであんなに勢いよく出てきたんだ？」

「えっ？　そんなに勢いがありましたか？　僕としては普通にドアから出たと……」

「気付いてなかったのか？　飛び出してきたんだが……」

「す、すみません！　全く気付いていませんでした」

初恋に気付いていないクリスティンは、部屋でツヴェイトの顔を思い出した時に、無自覚に早足で部屋を出た。

そこには照れ隠しと気恥ずかしさ、何とも言えない心の動揺があったのだが、意識が自分はいつも通りだと誤魔化したのだ。そのせいで普段はやらないドジをしてしまった。

それも、ツヴェイトの目の前で。

羞恥《しゅうち》と動揺で言葉が出てこない。

そんな彼女の心境を知らず、ツヴェイトは床に転がっている包みを目にし、拾い上げる。

持った瞬間に、妙に柔らかいものであると伝わってきた。

「なんだこりゃ、柔らかいな……。粘土か？」

「あっ、それは……オ、オリハルコン……です」

「ハァ!? オ、オリハルコン、だとぉ!?」

オリハルコンのことはツヴェイトもまたゼロスから聞いており、その鉱物の特殊性ゆえに鍛冶師や魔導士が喉から手が出るほど欲しがるものだと知ってはいたが、実物を手にしたことは今までなかった。

オリハルコンは半ば伝説上の鉱物であり、文献では恐ろしく魔力との親和性が高い希少鉱物である。魔導士なら借金してでも手に入れたい代物だ。

魔導具に流用すればかなり強力なものが作れるが、実物を手にした者は少ない。

ツヴェイトは悲鳴にも似た驚きの声をあげた。

「な、なんでそんなものを持ってんだ!? これ、マジでオリハルコンなのか!?」

「以前、アーハンの廃坑で採掘を行ったのですが、事故に遭って最下層まで落ちてしまい、その時に見つけたものです。僕を助けてくれた方は大量に採掘していましたけど……」

彼女の言葉に、ツヴェイトの脳裏に一人の非常識な魔導士の姿が思い浮かんだ。

「最下層……。なぁ、確認するが、その助けてくれた人って……見た目が胡散臭《うさんくさ》い灰色ローブの怪しい魔導士じゃなかったか？　桁違いな威力の魔法を使う……」

「ゼロスさんのことを知っているんですか⁉　あの時のお礼を言いたかったんですけど、どこに住んでいるのか分からなくて」

「やっぱりかよ！　オリハルコンなんて代物を見つけ出す非常識な真似ができるのは、あの人くらいしか考えられねぇ……。いや、今はもう一人いるか」

ゼロスとアド。この二人の規格外魔導士ならオリハルコンを発見するなど容易《たやす》いだろう。

ツヴェイトの脳裏には、『うはははは、大量じゃぁ～～っ‼』と高笑いを上げながらツルハシを振るう、灰色ローブのおっさんの姿がありありと浮かんだ。

彼は『師匠なら何でもありだな』と思っており、その認識はおおむね正しい。

「ツヴェイト様、ゼロスさんに会わせてください！　僕、あの時のお礼をどうしても言いたいんです」

「師匠かぁ～……俺としてはかまわないんだが、覚悟はしておいたほうがいいぞ？」

「えっ、覚悟？　何の覚悟ですか？」

「聞いた話だと、師匠の家は色々と非常識らしいからな……。何が起こるか分からん」

「えぇ⁉　えぇ～～～～～ぇ？」

「オリハルコンの加工も、師匠なら簡単にできるだろう。何に使うか知らんが、師匠に頼んでみるのもいいんじゃないか？」

「師匠ってゼロスさんのことだったんですか。い、意外なところに凄《すご》い人と繋がりがありました。

そのあたりもお願いしてみたいと思います」

「んじゃ、さっそく行くか。俺も師匠のところに行くつもりだったし」

こうしてクリスティンは、心のシコリとして残っていたゼロスへのお礼を言いにツヴェイトに案内され、彼の住む家へと向かうことになった。

護衛役のサーガスの姿を捜したのだが部屋におらず、諦めて二人が屋敷を出ていこうと階段を下りると、玄関先では――。

「朝から暑苦しい奴がいると思えば、サーガスか。その無駄に盛り上がった筋肉をなんとかせい。爽やかな気分が台無しじゃ」

「ふん、早朝の鍛錬から戻ってみれば随分な挨拶だな、クレストン。椅子に座り続けている貴様とは違い、儂《わし》は鍛えることで若々しい肉体のままだ。爽やかな朝に爽やかな汗を掻《か》くことでこそ、健康が保てるというものであろう」

「その無駄に汗臭いところが、お主が再婚できぬ理由ではないかのぅ。いつも体臭漂う姿を晒《さら》しておるのか？」

「これから体を洗いに行くところじゃい。貴様に言われんでも、基本的なエチケットくらいは知っておるわ！」

「ほう、成長したものだ。昔は鍛錬を積んだあと、そのままであったというのに……。やはり、一度奥方に逃げられたことの影響かのぉ〜。何が幸いするか分からんな」

「朝から儂に喧嘩《けんか》を売っているのか？」

「面白い、朝食前の軽い運動といこうではないか。昨夜の決着をつけてやるぞ」

「やらいでかぁ!!」

そして始まる第二ラウンド。

屋敷の正面ロビーは、二人の老魔導士による勝負の場へと変わった。

昨夜と同様、二人の老人は楽しそうに拳で語り合う。

親友同士のじゃれ合いにしてはヤバい打撃音が響いていた。

『……せ、先生』

『……御爺《じい》様。なにやってんだよ』

憎み合っているわけでなく、互いに友情を深め合う儀式。

友との語らいとは何も言葉だけではないのである。

だがしかし、血縁者と教え子の身としては恥ずかしい。

この騒ぎが大きくなる前に、ツヴェイトとクリスティンはこっそりと屋敷を出るのだった。

◇　◇　◇　◇　◇　◇

鍛冶とは、火と鉄との語らいである。

火力を見極め、熱せられた鉄の状態を見極め、頃合いを見計らい的確に金槌《かなづち》で打つ。

火花が飛び散り、甲高い金音が響き、音の見極めで鍛えられる鉄の具合を知り、湛《たた》えられた植物油に通して再び火で加熱と鍛え上げを繰り返す。

時に稲藁《いなわら》をくべ炭素を加え、折り曲げては叩《たた》き延ばすことにより、強靭《きょうじん》で粘りのある鉄へと変わる。言うのは簡単だが行うにはかなりの月日を必要とする作業だ。

「……まだ甘いな」

そう呟いたゼロスは、手にした烈火のごとき熱を放つ金属を眺め、嘆息した。

人よりも金属を打つ速度が桁違いに速いのだが、単に形になったものと納得できるものとの間には明確な差がある。最高のものを作るにはいまだ感覚が追いついていなかった。

「……ゼロス殿。なぜ、鍛冶工房があるんですか？」

「暇潰《ひまつぶ》しに自作してみたんだよ。やっつけ仕事だったけどねぇ」

鞴《ふいご》で火力を調節しつつ、鉄鋏《てつばさみ》で挟んだ鉄塊を再投入。

テンポよく金音が響いた。

「ところで、何か用かな？　クロイサス君」

「試作の武器が完成しましてね。ぜひ、ゼロス殿の意見を聞きたかったのですが、どうやらお取り込み中のようですね。今度はアポを取ってから来ることにしますよ」

「お取り込み中というわけではないんですがねぇ。ちょっと待っていてください、よっと！」

タライに入った水に鉄塊を入れ冷やすとすぐに引き上げ、金床の上へと無造作に置く。

あらかじめ汲《く》んでおいたバケツの水で顔や手を洗い、掛けてあったタオルで拭うと、ゼロスはクロイサスに向き合う。

「それで、試作の武器とはそれですかねぇ？　何か長い……まさか！」

「魔法式金属射出機……【魔導銃】です。よく確認もせずに分かりましたね」

「アルトム皇国に向かう際中、その手の武器で狙われましたからねぇ。回収した火縄銃もデルサシス公爵に渡しましたから、いずれはと踏んでいたんですが……。それにしても、思っていた以上に早かったなぁ～」

「ドワーフの職人達が頑張ってくれましたよ」

「ドワーフ……」

ゼロスの脳裏に――、

『さっさと部品を作りやがれ！　ガワはとっくに出来上がってんだ』

『無理、少し休ませてくれぇ!!』

『休みだぁ～？　何なら永遠に休んでろや。今すぐ楽にしてやんよぉ～』

『無茶を言わないでくれぇ、こんな細かい術式を刻んでいるんだぞ!!』

『そこをなんとかするのが職人だろ？　グダグダ言ってねぇで手を動かせ！』

『俺達は魔導士だぁ、職人じゃねぇ!!』

『ここにいる時点で全員が職人だ。弱音や泣き言は一切聞く気はねぇ。てめぇらは働いてから死ねぇ！』

『ひぃぃぃぃぃぃぃぃぃぃぃぃぃぃん!!』

――という職人と魔導士の会話が聞こえた気がした。

ドワーフが関わった時点でそこは阿鼻叫喚《あびきょうかん》の地獄と化すことを、ゼロス自身が誰よりも熟知しているからだろう。

「魔導士の人達……酷《ひど》い目に遭ったんだろうねぇ」

「私は楽しかったのですがね。必要な術式が完成して以降は暇になりましたから、試作品が完成する頃まで研究に明け暮れていましたよ。幸いにも興味深い研究資料が結構ありましたので」

「君は、意外にあの仕事中毒者《ワーカホリック》達と上手《うま》くやっていけそうだね。犠牲者は気の毒になぁ……」

ドワーフの非常識を経験しているだけに、ゼロスは犠牲となった魔導士の方々に同情した。

なぜか自然と涙が溢れてくる。

彼等と関われば道は二つ。

同類の仕事中毒者になるか、過労で倒れるかのいずれかだ。

最悪、死にたくなるほど精神的に追い詰められることに間違いはない。

ゼロスも『早く労働基準法を制定してやれよぉ!!』と叫びたいほどだ。

「被害者の話はともかく、さっそく見せてもらおうかな。僕も少々興味がある」

「では、さっそくこの包みを」

「ほいほい」

クロイサスは包みをほどき、中にある魔導銃をゼロスに手渡す。

受け取った魔導銃の形状は火縄銃に近いが、次弾装填《そうてん》は本体のレバーを引く構造のボルトアクションタイプだ。

「これ、撃てますかねぇ?」

「弾はこれです。もう少し大きくてもいい気がするんですが、ドワーフが形状にこだわりまして却下されましたよ。装弾数を増やしたほうが効率的なのに、なんて非合理的な」

金属製の弾倉を受け取ると、引き金の前にある穴に差し込みレバーを引く。

「装弾は手動で連射機構はナシ。問題は威力ですが、さすがに普通に撃ったらまずいか」

「民家に流れ弾が飛んだらまずいでしょうね。試し撃ちで死者が出るのは私も望みませんし、普通に空に向けて撃ちましょう」

「性能を見るにしても、これじゃ分からんなぁ～」

言いつつも魔導銃を手に外へ出ると、空に向けて撃った。

少し時間をおいて落下してきた銃弾を右手でキャッチする。

感触としては充分に殺傷力があると思われる。

「これ、撃ったら銃身が跳ね上がるんじゃないかい？　肩で支えて撃ったほうが命中率も高くなるし、次に撃つ時も安定すると思うんだけど？」

「確かに、使うたびにポンポン跳ね上がるのも問題です。グリップあたりから固定器具を伸ばし、肩で押さえるようにしたらどうかという案もありましたが、ドワーフ達が納得しなかったんですよ」

「あぁ～……連中、妙なこだわりを持っているからねぇ。機能よりも見た目を優先する遊びを入れてくることも考えられるかぁ～」

ドワーフ達がわざわざ火縄銃の形状をそのまま流用した理由。それは、職人としての遊び心に他ならない。銃床という利便性を捨て懐古趣味に走ったのだ。

ゼロスなら安定性のない火縄銃形状よりも、現代重火器のような無駄のない洗練されたフォルムを選ぶ。しかしドワーフ達はその真逆。

ただ使い勝手の良い武器を作るのが性に合わないのか、あるいは芸術的な観点を突き詰めた結果なのかは定かではないが、意図的に扱いづらい設計の方を選んだのだ。

それは、さながら画家が宮廷内の裏事情をメッセージとして絵画に描き込んでいるかのような、作品に対して職人の意志を込めたものなのかもしれない。

だが、銃にどんなメッセージ性を込めたのかは分からない。職人の思いが込められていたとしても、一般人には推し量りようがないだろう。

魔導銃はどう考えても敵を倒すためだけの殺傷武器なのだ。

「当初の設計段階では、もっと合理的な形状だったのですがね。発掘された魔導銃の形状をそのまま流用しましたから」

「ドワーフがこの形状を選んだのだったら、僕達が何を言ったところで無駄ですよ。彼等は武器に対しても芸術性を求める。余計なことを言えば殴られるからねぇ……」

「彼等の考えていることは私にも分かりませんよ。それは私が俗物だからなのでしょうか？」

「さぁ～？　どうなんだろうねぇ……」

確かに日本では火縄銃が芸術品としても価値があり、博物館に展示されていることがある。戦に使用する武器でありながら装飾を施してあり、当時の鉄砲鍛冶師達の技術の中に遊び心が垣間見える。武器と人が密接に繋がっていたからだろう。

西洋でも、マスケット銃に華美な装飾が施されたものが博物館に展示されていることからして、技術と芸術は切っても切れないものなのかもしれない。

『ドワーフは形状美を優先しているのかもしれないねぇ』

今の魔導銃は単発式で魔力を込めてから弾を撃つまでに若干のタイムラグがある。

平野での戦闘では過信はできないが、砦《とりで》や要塞《ようさい》での防衛戦では充分な効果が見込めるだろう。

現状を見るに、機関銃といった高機能な銃が誕生するのも時間の問題かもしれないとゼロスは予想する。

「時代が変わるか……。こうして形になった以上、銃器の管理法案の策定を急がないとマズいだろう。軍の備品として厳重な管理が必要になるよ」

「似たようなことを兄上にも言われましたよ。それほど社会に広めるのは危険ですか？　魔物討伐にも充分に貢献できそうなのですが」

「ツヴェイト君も理解できたんだろうねぇ。簡単に扱えるのが問題なんだ。例えばこれを小型化したとして、犯罪に使われたらどうすんの？　今のところ犯人の特定は難しいよ」

「そこは資格を取ることで管理できると思いますが？」

「盗まれたと言って横流しし、そこから分解して部品を作り量産……。犯罪組織でも二年もあれば模造品が作れるさ。銃に関しては、管理不充分で紛失しても極刑にするくらいでちょうどいい」

「それは少しばかり厳しくありませんか？　まぁ、父にも伝えておきますが」

「それだけ厄介なんだよ、銃という武器はね。ちゃんと伝えておいてくれよ？　君、伝言を頼んでも別のことに気を取られて忘れそうだからねぇ」

「否定はしません」

そこは否定しろよと言いたいおっさんだったが、クロイサスはゼロスと同類。

どこまでも趣味を貫く探究者であり、自分に興味のないことには一切見向きもしない。

ゼロスも若い頃はがむしゃらにやりたいことを追求した経験があり、周囲に気を使うようになったのも、責任ある立場に就いた後のことだ。

責任ある立場に抜擢《ばってき》されたことでセーフティロックが掛かったとも言える。

「話は変わりますが、この間、ついに男性化の性別変換薬を作り出しましてねぇ。レシピがあるのですが欲しいかい？」

ゼロスの言葉を聞いた瞬間、クロイサスの眼鏡は怪しく輝く。

「ぜひ教えてください！　素材は？　女性化性別変換薬と何が違うんですか？　私も何度か素材を変えて試したんですが、男性化する魔法薬は作れなかったんですよ！　教えてください！　今すぐに！　さぁ、さぁ！　さぁ!!」

「……凄い食いつきだね。君、デルサシス殿にさっきの言葉を伝えること、覚えているかい？」

「何の話です？　それに、知識の探求は魔導士にとって何よりも優先されることでしょう。私は何も間違っているとは思いませんが？」

「クロイサス君……。君、忘れちゃ駄目なことを既に忘れているんだけど」

「すぐに忘れる程度なら、きっと大したことではないでしょう。それよりも、レシピを今すぐください。色々と検証してみたいのですよ。あぁ、時間が惜しい！」

どこまでも知識の修得に貪欲なクロイサス君だった。

見た目が美形な彼なのだが、あまりの残念なギャップに、さすがのおっさんもドン引きである。

「その前に、この銃に関する法律の制定をデルサシス殿に伝えてほしいんだけど？　今、君が忘れた話だよ。やるべきことをやってからでも、レシピの検証はできるでしょ……」

「それもそうですね。あぁ、ですが本当に効果があるのか、確かめてみないといけませんか。試作品をメイド達で試してみましょうかね」

「やめてあげてぇ、原液のまま飲ませたら男に固定されちゃうからぁ！（試してないから分からないけど）」

「そこは、女性化性別変換薬で元に戻るのでは？」

「どんな副作用が出るかも分からないのに、一般人に迷惑をかけるもんじゃないでしょ。やるなら死刑囚にでも試しなさいよ」

「……確かに。研究のために無辜《むこ》の使用人を犠牲にするのはまずいですね。父上に頼んで死刑囚を数人ほど用意してもらいますか。どうせなら性犯罪者がいいでしょう」

おっさんの提案も外道だが、クロイサスもなかなかに外道だった。

まぁ、性犯罪者であれば自業自得なので、投薬実験として女性化した後に男性化性別変換薬を使ってもさして問題はない。むしろ選択権がない。

新薬の実験においては重犯罪の死刑囚などが被験者となり、様々な投薬実験の検証を行っていた事実がある。科学技術が発展していない世界なので、このような非人道的な行為が容認されているのだ。これがこの世界の常識なのである。

だが、迷うことなくこのような言葉が出てくるあたり、この二人の良心はどこか壊れているのかもしれない。

いや、今さらか。

「ところで、ゼロス殿……」

「なにかな？」

「父上から聞いた話なのですが、ゼロス殿も魔導銃を製作していましたよね？　できれば私にも拝見させていただきたいのですが」

「…………マジか」

ゼロスとアドが銃で無双したのは隣国での話だ。

その情報をデルサシスが把握しており、更に魔導銃の試作に着手していることを鑑みるに、隣国にも間者を飛ばしていたことになる。恐ろしいまでの情報網だ。

確かにメーティス聖法神国の火縄銃には多少の脅威を感じたかもしれないが、対処を知っていれば魔導士の脅威にはならない。

しかも、魔導銃の開発は想定よりも早く始められ、既に形として手元に存在している。

火縄銃よりも強力に進化してだ。

『これが国の気風によるものなのか、それとも開発に携わった人の資質によるものかは分からない。けど、銃を使用した戦乱へは、僕が思っているよりも早く到達するかもしれないねぇ……』

デルサシス公爵の手がどこまで及んでいるのかは不明だが、ゼロスが自分でも知らぬ間に魔導銃の開発に影響を与えていたことは現状から見て間違いない。そこに恐怖すら覚える。

「さぁ、早く見せてください！　かなり高性能らしいじゃないですか、さぁ！　さぁ!!」

「……そんなに近づいてこなくても見せますよ。君、見た目はイケメンなのに、なんで魔法に関するものにだけそんなに見境がないんだい？　目が血走っていて怖いんだけど……」

「英知の断片に少しでも触れられるのは、魔導士にとって至福の時間じゃないですか！　そんな些《さ》細《さい》なことよりもゼロス殿の魔導銃をっ！」

「はいはい……。これだよ」

クロイサスの純粋すぎる好奇心に危うさを覚えるが、良くも悪くもこうした知識の探究者が文明を進化させてきたことも否定できず、思惑抜きにして彼にデザートイーグルを手渡した。

願わくば、彼の魔法に対する情熱が良き方向に進んでほしいと思う。

「なぁ!?」

デザートイーグルは、クロイサスが見た目で認識したより重かった。

いや、重すぎた。

あまりの重量に前屈《まえかが》みになってしまう。

「な、何ですか……この、重さは……」

「重いかなぁ？　僕やアド君は楽に持てるんだけど……」

「武器として見たら……重すぎて……クッ、万人受けしませんよ……」

「そうかい？　まぁ、ダマスカス鋼とかアダマンタイトとかの重質量金属を使っているから、多少重いとは思うけど、そんなに？」

「アダマンタイト……鉱物で、最も重い金属じゃないですか……。しかも、魔力が奪われて眩暈《めまい》が……」

「あ～……」

ゼロスの魔導銃は、グリップに埋め込まれたクリスタルから魔力が自動的に吸収され、引き金を引くことでそれをチャンバー内に流し、魔法式による爆発力で弾丸を射出する機構だ。

言い換えれば使用者の魔力が強制的に奪われることになる。

しかも、銃本体の強度を強化魔法で底上げしており、オーバーフローした余剰魔力が銃本体だけでなく弾丸の威力を高めてしまう。簡潔に言えば欠陥であった。

何が言いたいかといえば、引きこもりで体力も魔力もゼロスに比べて圧倒的に低いクロイサスに、おっさんのデザートイーグルは到底扱いきれない代物だということだ。

それどころか銃の重さを腕だけで支えることができない。仮にデザートイーグルを撃てたとしても、その威力で体ごと吹き飛んでいたことだろう。

「扱いきれなかったかぁ～」

「ま、魔力切れ……。まだ撃ってすらいないのに……」

「ゴメン、僕の基準で作った武器だから、クロイサス君にはきついようだ。失念していたよ」

強化魔法で常に魔力を消費されるので、保有魔力量の少ないクロイサスではすぐに魔力切れを起こす。ゼロスの膨大な魔力にものを言わせた強引で雑な武器であった。

逆に言えば、この世界で扱える者がいないことになるので、ある意味で安全が確定したようなものだが、安心はできない。

魔力は蓄えることが可能なエネルギーだ。誰かが魔力電池でも作れば、その安全も覆るだろう。

まぁ、それはだいぶ先の話になるであろうが……。

「強力な武器には相応の魔力が必要になる……。身をもって体験しましたよ」

「これで駄目なら、他のヤツも同じかな。それにしても君、魔力や体力がなさすぎでしょ」

「研究者も体力がものを言う時代ですか……。私も本格的に鍛えるように……」

「無理じゃね？　そんな暇があったら君はきっと研究に没頭してるさ」

「否定できないところが辛《つら》いですね」

ゼロスの魔導銃に些《いささ》か残念な気持ちを引きずりながらも、クロイサスは貰《もら》ったマナ・ポーションを飲んで魔力を回復させた。

研究者としては悔しいところである。

「まぁ、今回は男性化性別変換薬のレシピだけで我慢しておきなさいな。余計なものに目移りしていると、今研究していることすら疎《おろそ》かになるんじゃないかねぇ？」

「二兎《にと》を追う者はというやつですか？　確かにそうかもしれませんね……。仕方がない、今日のところはこれくらいで納得しておきましょう。私にはまだ早すぎたようです」

「今日のところは……ですか。僕の作った魔導銃にそれほど未練が？」

「当然です！　開発した試作品以外に別系統の魔導銃が存在するんですよ？　研究者なら調べたいと思うのは当然ではないですかぁ！」

「基本的なところは同じなんだけどねぇ～。おっと、忘れてた。これが男性化性別変換薬のレシピだよ。作るのは勝手だけど、周囲の人間で試そうなんて、くれぐれも考えないでほしい」

「念押しですか？　そのあたりは大丈夫ですよ。手頃な犯罪者を見繕ってもらいますので、犠牲者は出しません。たぶん……」

「たぶん!?　ねぇ、君。今、たぶんって言ったよねぇ!?」

色々突っ込んだことを聞こうと思ったのだが、レシピを受け取ったクロイサスはかなり浮かれており、人の話を聞いてすらいなかった。

クールな見た目は無残に崩れ、喜びのあまり小躍りしながら挨拶もなく撤収していく。

そんな状態では追いかけても無駄だろう。

ヤバイ人物に危険なレシピを渡したことを、おっさんは少しだけ後悔した。

「どうでもいいが、試作品の魔導銃を忘れてるんだけどねぇ……」

クロイサスが去ったあと、試作品の魔導銃が残されていた。

目の前に研究対象があると、すぐに他のことを忘れてしまう。それがクロイサス・ヴァン・ソリステアという青年である。

おっさんは、間違いなく機密扱いであろう試作魔導銃を手に、これをどうするべきか悩むのであった。

第三話　ツヴェイト、クリスティンをゼロス宅へと案内す

ゼロスのもとへクリスティンを案内しながら向かうツヴェイト。

旧市街へと歩いていた二人は、なぜか途中から会話が続かなくなっていた。

というのも……。

『マズイ……会話が途切れた。最初は御爺《じい》様とサーガス師のことでなんとか話を繋《つな》げられたが、考えてみれば女とこうして共に歩くなんてこと初めてなんだよなぁ～。なんか話題を振らないと気まずい』

『か、会話が止まっちゃった……。何か話題は!?　僕が振れる話題なんて剣とか、剣とか、剣……剣術のことしかないぃ～～っ!!　気まずい……どうしよう』

この二人、異性とデートなどしたことがなかった。

ツヴェイトは年齢=彼女いない歴であり、一度一目惚《ひとめぼ》れもあったが洗脳魔法の影響で俺様状態の時だった。つまり、女性と街を歩くことなど生まれて初めての経験である。

それはクリスティンも同様で、騎士家の後継ぎとして勤勉に修業を続けていた結果、異性を本気で意識したのは今回が初めてのことだった。

そんなぎこちない二人なのだが、周囲には初々しいカップルに見えていることに気付いていない。稀《まれ》にツヴェイトを知る人々（特におばちゃん）などは「頑張んなさいよ」と声を掛けてきたりするが、テンパっている二人には何を言われているか理解できなかった。

この時間の経過すら曖昧になるような沈黙は、一人の人物の登場で崩れる。

「お、同志じゃん。こんなところで奇遇だな」

「エ、エロムラ!?　お前、旧市街で何やってんだ？」

「俺？　いやぁ～、俺ってば奴隷落ちして傭兵《ようへい》資格剥奪《はくだつ》されただろ？　もう一度資格を取り直したんで、新調した装備を受け取りに旧市街まで来てたんだ」

「装備って、その初心者装備のことか？」

「おうよ」

エロムラが身に着けているのは安物のレザー装備。いつものフルプレートではなかった。

値段もさほど高いものではなく、どう見ても駆け出しが数ヶ月貯金すれば買える程度のものだ。

彼の実力に見合わない装備である。

「なんで初心者装備なんだよ。自前のフルプレートはどうしたんだ？」

「あんまり上等な装備だとさぁ～、喧嘩《けんか》を吹っかけてくる怖い人が多くて……。相手するのもめんどいし、手頃な装備に替えることにした」

「で？　傭兵の資格を取り直して、お前はどうする気なんだ？」

「フッ……俺は、ダンジョンに出会いを求めにいく！」

「はぁあっ!?」

また馬鹿なことを言いだしたエロムラに、ツヴェイトは困惑した。

彼は思う。『ダンジョンに何との出会いが待っているんだ？　新種の魔物か？』と。

「なんでも、日帰りできる距離にダンジョンがあるって話だ。確かアッハン♡の村だったか？」

「アーハンだ。あそこは廃坑しかなかったはずだが……まさか」

「おう！　その廃坑跡がダンジョンになったんだとさ。今は休暇中だし、ちょっくらナンパに行ってくるぜ」

「出会いって、女が目的かよ！　ダンジョンに何を求めてやがんだ。この馬鹿……」

ダンジョンとは傭兵達の夢や欲望、そして犯罪が渦巻く魔窟である。

ある者は生活のために売れる素材を求め、ある者はダンジョン内で見つかる様々な武器や道具を探し、またある者は夢追う者達をダンジョン内で襲い戦利品を奪う。

前者の二つならまだいいが、後者は被害者の遺体すらダンジョンに吸収されるので完全犯罪が成り立ってしまう。傭兵ギルドが最も警戒している違法行為だった。

そんな場所にナンパ目的で出向くエロムラの気が知れない。

「あのなぁ〜、ダンジョンってやつは確かに恩恵も大きいが、それ以上に危険な場所だぞ。そんなとこにナンパ目的で出向くのは間違っている」

「仲良く彼女とデートしている裏切り者の同志に言われたくねぇ！　俺は……俺は恋人とエッチなことがしてぇんだよぉ!!」

「清々《すがすが》しいまでに性欲に正直だなぁ！　俺はある意味、素直に感心したぞ」

年齢＝彼女いない歴はエロムラも同じだ。

その魂の叫びには響くものがあるのだが、同意できるかといえばそうでもない。

危険な場所にナンパ目的で出向くエロムラは、ダンジョンを舐《な》めているとしか思えなかった。

魔物は出現するわ、罠《わな》が無数に設置されているわ、そんな場所でナンパなどできるはずがない。

そもそもダンジョンとは、人間や魔物、あるいはダンジョンそのものと命のやり取りが繰り広げられる場所なのだ。

「大丈夫だ。白い髪の少年も、なんだかんだで女の子を引っかけているし、もしかしたら俺にもできるかもしれないだろ？　目指せ、ハーレム！」

「誰だよ、その少年……。いや、エルフはどうしたんだ？　お前、エルフ一筋とか言ってなかったか？」

「同志……夢はいつか覚めるもんなんだ。どれだけ捜してもエルフが見つけられないのなら、俺は普通の恋がしてみたい。できれば出会ってすぐにエッチできるような、軽い感じの……」

「娼館《しょうかん》にでも行けや！　それに、エルフならそこいらにいるだろ」

「……えっ？　マジで？　どこに？」

「あそこに……」

ツヴェイトが指をさした先には、ごく普通の親子連れが歩いていた。

エロムラの目にはとてもエルフには見えない。思えない。

「……普通の人だろ？」

「いや、あの親子連れはエルフだぞ？」

「耳が尖《とが》ってないぞ？」

「それはハイ・エルフだ。そんな高位種族がこんな場所にいるか！　ついでに普通のエルフの見た目は人間と変わらん。常識だろ」

「詐欺だぁ～～～～～～っ!!」

そう、この世界でのエルフは上位種のハイ・エルフ以外、耳が尖っていない。

ラノベ小説のエルフを夢見ているエロムラでは、とても見分けがつくはずがなかった。

何しろ違いは白い肌の色と寿命だけで、見た目が普通の人間と変わりないからである。もう一つ特徴を挙げるとすれば人間よりも魔力が高いことだろう。

子供のエルフでも高位魔導士並みに魔力を保有している。

人間と比べて数は少なく、エルフに関する知識を持っていたとしても魔力感知能力が高くないと気付けないレベルだった。

この条件だと魔力感知能力の高いエロムラならエルフだと気付けそうなものだが、彼は普段から注意散漫気味で、また普段から魔力感知を行っているわけではない。

魔導士でもないので自動的に魔力感知も働かず、一般エルフに気付けないので意気込みが空回りすることになる。

ツヴェイトは魔導士なだけに、先ほどの親子が放つ魔力でエルフと判別した。

エロムラは以前、ミスカをハーフエルフだと見抜いたこともあったが、ハーフエルフは若干耳が尖る特徴があるので、なんとなくで判断しただけのことだ。

鋭いようでどこか抜けている。それがエロムラなのである。

「あんなの人間と変わりないじゃん……。夢を……夢を返せ」

「夢は覚めるもんなんだろ？　今さらじゃねぇか」

「こうなったら……同志と同じくボインちゃんを引っかけて、エロエロな夜を毎日過ごしてやるぅ!!」

「エロムラ……お前、よく往来でそんな恥ずかしいことを叫べるな。それと、クリスティンに失礼だろ！」

「男ならみんな巨乳が好きだ！　同志だってそう思ってんだろ？」

「……なんか、以前にも似たようなことを言われた気がするな」

以前、どこかの誰かにも言われた言葉に眉を顰《ひそ》めるが、そんなことよりも突然にボイン認定をされたクリスティンの方が気にかかった。

エロムラの発言は貴族に対してかなり無礼だ。

その場で手討ちにされてもおかしくないほどである。

ゆっくりと彼女の方に視線を向けると、クリスティンは顔を真っ赤に染めていた。

『か、彼女？　ぼぼぼ……僕がツヴェイト様の？　それよりボインって……男の人って全員大きな胸を？　それじゃァツヴェイト様も……え？　えぇ!?』

違う方向に反応し、混乱していた。

クリスティンは同年代の娘より少々発育が良い。

エロムラのような馬鹿がそこを見逃すはずもなく、往来でそんなことを突然大声で言うものだから彼女は羞恥《しゅうち》と混乱に陥ってしまった。

ただでさえツヴェイトの彼女と言われたことで動揺していたのに、立て続けに投げかけられた言葉で一気に許容量をオーバーし、彼女の目がグルグルと回っていた。

「見ろ。お前がセクハラ発言を連発したから、混乱しちまったじゃねぇか」

「同志……男はオープンスケベの方がモテるんだ。俺の知る小説の主人公達はどこまでも性に関してはオープンで、更にラッキースケベを繰り返しているのにハーレム状態だったぞ。そこに痺《しび》れる憧れるぅ！」

「いや、現実的に考えてみろ。それ、普通に変態か危険人物の類《たぐい》じゃないのか？」

「ムッツリストーカーよりはマシだろぉ？」

「物語の中の主人公のようにモテるわけねぇだろ。少しは現実を見ろよ、往来でセクハラ発言を繰り返すような奴に、女が近づくと思うか？」

「…………」

現実を突きつけられ、言葉をなくすエロムラ。

現実は非情であることを欲望に身を任せて誤魔化していたのか、それとも心のどこかで現実を直視していたのか、ツヴェイトの言葉に反論することができなかった。

だが、彼は堂々と覗《のぞ》きを実行するような馬鹿である。

たとえ現実が非情でも、勢いで行動する下半身生物なのだ。

「フゥ〜、確かに現実は非情さ。だが、それで諦められると思うか？　夢とは己の欲望のままに追いかけるものだろ！　俺は、俺はハーレム王になる！　見ていろ、同志。絶対にとびっきりいい女を捕まえてくるからなぁ！　ふははははは……」

などと言ってその場から猛ダッシュ。

ドップラー効果で聞こえてくる声だけを残し、彼は性欲を胸に欲望の赴くまま走り去っていった。

「……捕まえるとか言っている時点で犯罪じゃねぇか。また奴隷落ちすんじゃね？」

「なんか、凄《すご》く個性のある人でしたね……。ツ、ツヴェイト様にはあのようなお友達が何人もいるんですか？」

「……最近、俺の周りは、どうしようもなく馬鹿ばっかりなのではないかと思い始めている。親友だと思っていた奴は粘着質のストーカー予備軍だし、護衛は恥ずかしげもなくエロ発言を堂々と言い切る阿呆《あほう》……。同じ公爵家の跡取りでも無責任な奴はいるし、そろそろ人間関係を見直すべきなんじゃないかと本気で考えているぞ」

「今の方も悪い人ではなさそうなんですけど……って、あれ？　あそこにいるのはクロイサス様じゃないですか？」

「なに？」

クリスティンが視線を向けた先に、ちょうど街角から小躍りしながら現れたクロイサスの姿があった。

引きこもりの彼が旧市街にいること自体珍しいのだが、その様子がおかしい。

両手で一枚の紙を掲げながら、有頂天な様子で軽やかにダンシング。

とても公爵家の次男坊とは思えないその姿に、ツヴェイトは凄く恥ずかしい思いだった。

クリスティンに見せたくないものを、よりにもよって二人でいる時に目撃する羽目になるとは。

「……見なかったことにしよう」

「えっ？　でも、クロイサス様ですよね？　声を掛けないんですか？」

「クロイサス……だからこそだ」

そう、実の弟だからこそ声を掛ける気にはならなかった。

それどころか今すぐこの場から全力で逃げ出したい。できることなら記憶を消し去りたいほど、あまりにも恥ずかしい弟の醜態だった。

「少し遠回りしよう。今のアイツとは関わり合いになりたくねぇ……」

「…………確かに。僕もそう思います」

「同意されるのも、なんか辛《つら》い……」

幸せそうなクロイサスを無視し、二人は回り道をしてゼロスの家を目指した。

それでも脳裏に焼き付いた馬鹿な弟の姿が消えることはない。

醜態を晒《さら》していることに気付かないクロイサスは、バレエダンサーように飛び跳ねながら、ソリステア派の工房へと一人向かっていった。

道行く子供達に指をさされて……。

後にツヴェイトはこう語る。

『あの時は、本気で血の繋がりがあることが恥ずかしかった。公爵家の恥を晒しているあんまりな姿だったさ……。見てみたいだと？　いいよな、笑って他人事《ひとごと》の一言で済ませられるんだからよぉ。俺は死にたくなったぞ……。なんで俺がこんな思いをしなきゃならねぇんだ』と。

それとは別に、ソリステア公爵家の命《めい》で集められた重犯罪の囚人が、男か女か分からない姿で監獄に戻ってきたという。

その囚人達が監獄で色々とやらかしたらしいのだが、当時の記録はどの資料にも残されていない。

ただ一言、その監獄の守衛の報告書に『オネェ……怖い』とだけ残されていたという。

◇　◇　◇　◇　◇　◇

なんだかんだでゼロスの住む家に着いたツヴェイトとクリスティン。

だが……。

「ここが……ゼロスさんの家ですか？」

「あぁ……師匠の家だ。しかし……」

ここの家の主は非常識だ。

そして、二人は当たり前のように非常識な光景を目撃することになる。

「コケェ～～～～ッ！（どうした、その程度か！）」

「まだだ、まだ終わらぬ……。烈風二の太刀、【双風刃《そうふうじん》】！」

進化種か亜種か分からないコッコと斬り合うハイ・エルフらしき少女の姿と――、

「肉肉肉肉肉肉肉肉肉ぅ!!」

「おぉ!?　カイ君、今日のラッシュ攻撃はキレがあるねぇ」

――ポッチャリ系の少年と組み手をしているおっさん魔導士。更に……。

「くっ、どれが本物のセンケイ師範なんだ……」

「ジョニー、気を付けろ。気のせいか、この残像には実体があるように思うぞ」

「ラディ、センケイ師範だけに気を取られていると、ウーケイ師範がくるよ！　油断しないで！」

「コケッ……（我等の新秘技。その名も【残影鶏翼《ざんえいけいよく》の陣《じん》】）」

「コケケッ！（アンジェの言う通り、隙《すき》だらけだ。足元がお留守になっているぞ！）」

「「「うわぁ～～～～～～～っ!?」」」

二羽のコッコに吹き飛ばされるジョニー、ラディ、アンジェの三人。

そんなカオスな稽古場の横で、整然と並び型稽古をする複数のコッコ＆ヒヨコ達。

ここではいつもの日常でも、初めて見る者には驚愕《きょうがく》すべきありえない世界だった。

「コッコって、あんなに武芸達者でしたか？」

「師匠が鍛えたら、ああなったらしい。何をどう鍛えたのかは謎だがな」

肉に人生を懸けた少年を、手加減を入れた軽めの蹴りで軽く弾《はじ》き飛ばすと、ここでようやく灰色ローブのおっさんはツヴェイト達に気付いた。

「やぁ、君がウチに来るとは珍しいねぇ、ツヴェイト君」

「師匠……いつもこんなことをしてんのか？」

「いやぁ～先ほどまで鍛冶《かじ》の真似事をしていたけど、子供達に頼まれてね。向上心があるのはいいことだねぇ。ところで、隣の子は……おや？」

おっさんは見覚えのある少女を確認すると、『どこかで会ったことがあるような……。どこだっけ？』と思いながら首を傾《かし》げた。

「お久しぶりです、ゼロスさん。その節は助けていただき、ありがとうございました」

「あぁ、もしかしてアッフンの村で会った」

「アーハンだろ。それに忘れてたのか!?　クリスティンは命の恩人だと言っていたんだが……」

「確かに助けたけど、お礼を言われるほどのことじゃないよ。採掘のついでだったからねぇ。ダンジョンではよくあることだし、気にもしてなかった」

「それでも僕にとっては命の恩人です！　あの時はお礼を言おうとしたのに、ゼロスさんは既に帰った後でした」

「忘れていた話だし、別にわざわざお礼なんていいのに」

「師匠……クリスティンも貴族だ。師匠が気にしなくとも、命を助けられた側としては礼を尽くすのは当然だろ。それにメンツもある」

「まぁ、お礼なら今受け取ったし、そんなに重く受け止めなくてもいいよ。見返りを求めたわけじゃないしね」

おっさんとしては、クリスティンを助けたのは非常時に偶然に出くわしたからであり、別に礼を言われるほどのことではない。

その礼も護衛の騎士達に何度も言われたので、それだけで充分であった。

クリスティンのお礼の言葉は素直に受け取るが、それ以上を求めるつもりはない。

「ですが、何もしないわけにもいきません。子爵家としてできる限りのことはしたいと思っています」

「ダンジョンでの常識では、遭難者を助けられる実力者がいた場合、その場にいた者の意思と裁量で救助するかどうかを決めることができる。君を助けたのは僕の気まぐれだし、そして君の運が良かった結果に過ぎない。これで見返りなんて求めるのは恩着せがましい気がするねぇ。護衛の騎士達からも、あのあと何度も礼を言われたし、これ以上は僕の品位とかメンツが傷つくよ。さっきの一言だけで充分さ」

「ですが……」

「師匠が気にするなって言ってんだ。品位があるかどうかは別として、これ以上食い下がったら善意で行動した師匠のメンツを潰《つぶ》すことになるぞ？　この話はここまでだ」

「ツヴェイト君……君も何気に酷《ひど》いねぇ～。おじさんの硝子《ガラス》のハートが傷ついちゃうよ。ダイヤモンド並みに硬い硝子だけど」

「「それは、もの凄く図太い神経の持ち主っていうことでは？」」

「ダイヤモンドは簡単に傷つかない。でも、意外とあっさり砕けるものなのさ」

まぁ、おっさんも誇れるほどの地位や体面など持ち合わせていないので、ツヴェイトの発言は気にも留めていない。そして何気に図々しく繊細さをアピールしている。

それよりも公爵家の御曹司が直々に彼女を案内してきたことに、少し引っかかりを覚えていた。

「ここに来たのは、彼女にお礼を言わせるためかい？　それだけならツヴェイト君が直々に案内する必要があるとは思えないし、もしかして何か頼みごとでもあるのかねぇ？」

「鋭いな……。頼みたいことは、クリスティンが師匠と採掘してきたブツのことだ」

「ブツ？」

「……オリハルコンです。加工できる職人さんを捜したんですけど、誰も扱ったことがないらしくて困ってしまって」

「あ～……確か剣を鍛えるために採掘しに来たとか言ってたっけ。それで発見したオリハルコンを持ち帰ったんだっけかぁ～」

「自分の剣はミスリルを使って鍛えましたが、家宝となる剣もあっていいんじゃないかと思いまして、オリハルコンを扱える鍛冶師を捜しているんです」

だが、オリハルコンを扱える鍛冶師など見つからず、紆余曲折《うよきょくせつ》を経てゼロスのところに来たということだ。

その話を聞き、頭の中で瞬時に考えがまとまったゼロス。

せっかく鍛冶場を建てたというのに、いまいち楽しめていなかったところに舞い込んだ希少素材オリハルコン。

相手にとって不足はなく、むしろ思い切って剣を打ってみたいとの欲求に駆られる。

どうやら今回は魔導錬成の出番はないようだ。というか、そもそも魔導錬成で作った剣は性能が落ちるので、最初からおっさんの選択肢にはなかったのだが。

「家宝ねぇ。材料は鉄？　それともミスリルかい？　アダマンタイトなんてのもあるけど、それだと重くなるしなぁ～。剣は両手持ち？　それとも片手剣の方がいいかな？」

「作ってくれるんですか!?」

「いいよ。さっきも試しに剣を打っていたんだけど、気分が乗ってこなかったんで途中で切り上げたんだよ。こう……なんか凄くぶっ飛んだ武器を作りたかったんだよねぇ」

「師匠……何を作るつもりだったんだよ。怒らねぇから正直に言ってくれ」

「秘密。鍛えている途中で『あれ？　これを作ったらヤバいんじゃね？　使い手を殺しかねないし、やめた方がいいかも』と思ったとだけ言っておこう」

『『かなり物騒なものを作ろうとしていた!?』』

普段は抑えているが、時々常識を超えた武器を作りたくなるようだ。

ファンタジー世界に来てからは自重もしていたが、この世界に慣れてきたおっさんは、どこか頭のネジが緩み始めているのかもしれない。

ガン・ブレードやバイク、果ては魔導銃や車などを製作し、今さら自重もなにもないが……。

「それで、どんなぶっ飛んだ性能が欲しいんだい？　振るうたびに周囲に被害が出るような斬撃が発生する剣とか、問答無用で雷撃を落とす剣とか、一度鞘《さや》から抜かれれば広範囲魔法を乱発して止まらない剣とか？」

「それ……使う側が制御できるんですか？」

「無理じゃね？」

『『この人に頼んで大丈夫なの？（なのか？）』』

おっさんは、使い手のことを一切考慮していなかった。

こんな人物に剣を打つ依頼をして大丈夫なのか、二人は本気で不安になる。

「普通のショートソードにしてください……」

「ぶっ飛んだ追加能力は？」

「いりません！」

「なんで聞くんだ？　普通に考えてもヤバい能力の付与なんて望まねぇだろ」

「…………チッ。普通の剣かぁ～、なんか乗ってこないなぁ。あっ、こっそりと面白能力を追加しておくか」

「『思っていることが口に出ているんですが!?』」

特殊能力の付与の希望を何度も聞いてくるおっさんに対し、クリスティンは『変な能力はいりませんよ！』と必死に断り、渋々オリハルコンだけを受け取ったゼロス。

鍛冶場に入る前に、『じゃぁ、夕方に取りにきてくれ』と言ってから扉奥の闇の中へと消えていった。

ツヴェイトとクリスティンは思う。

『剣って、そんなに短時間で作れるものなのか？』と。

そんな二人の疑問をよそに、鍛冶場の煙突から煙が上がり始めた。

◇　◇　◇　◇　◇　◇　◇

ゼロスが鍛冶場にこもった後、ツヴェイトとクリスティンは暇になった時間をソリステア家の別邸で潰した。

その際、書庫に並んだバラ色の小説や百合《ゆり》の花が咲き乱れる薄い本を手に取ってしまったクリスティンが、赤面して取り乱すというハプニングもあった。

そんなこんなで夕方になり、二人は再びゼロスの家を訪れる。

「やぁ、待っていたよ。思ったよりも遅かったねぇ。これがご希望のオリハルコンの剣さ」

「「…………」」

出迎えたゼロスが手に持つ剣を見て、二人は言葉を失っていた。

それは、あまりにも大きすぎた。

大きく、重く、硬く、分厚い……でたらめすぎる剣だった。

「こいつならワイヴァーンの首も一撃さ♪」

「「いやいや、なに作ってくれちゃってんのぉ!?」」

何しろ刃渡りだけで五メートル近くもあり、分類するなら間違いなく超重量級。

しかもデザインが禍々《まがまが》しく、魔王が所有していた剣だと言われても納得できるほどの邪悪さで、ご丁寧におぞましい気配の魔力も放出していた。

なにより、こんな超重量級武器を振り回せるような者など簡単には見つからない。

片手で軽々と持っているおっさんがおかしい。

それ以前に、こんな剣が家宝など、とても誇れるようなものではなかった。

「まぁ、冗談なんだけどね。日常に細やかな刺激を求めた、おじさん渾身《こんしん》の一発芸さ」

「冗談かよ！」

「よかった……。こんな非常識な剣が家宝だなんて、別の意味で人に見せることなんてできないですよ」

「ある意味では家宝になるんじゃね？」

「なんらかのいわくや由来があればそうだろうよ！　普通に考えれば、こんな意匠の剣を作る依頼人の人格が疑われるぞ」

「僕が人格破綻の変人だとでも？　こんな常識人をつかまえて失礼な」

「「そんな冗談を全力で言ってくるだけ、充分に変人だろ！（です！）」」

のんびりした日常に刺激を求めたおっさん渾身の冗談は、不発に終わった。

無駄なことにも全力で取り組む。それが殲滅者《せんめつしゃ》なのである。

「作ったのはこっち。見た目は普通の剣だけど、切れ味と頑丈さに重点を置いている」

「あっ、本当に見た目が普通ですね」

「装飾一つねぇし、デザインも古臭い感じだな」

ゼロスが差し出したショートソードは、飾り気一つない地味な剣だった。

鞘に多少の装飾が施されているが、持ち手などには一切見当たらない。

しかしクリスティンが剣を引き抜くと、飾り気のない意味がよく分かった。

「綺麗《きれい》」

「こいつは……。この剣身なら、装飾など無粋だな」

「まぁね。オリハルコンが加わることで、剣のポテンシャルは大幅に跳ね上がる。そのぶん鍛冶師の技量が問われるけど……。鉱物の配合を間違うと、ただのガラクタになるしねぇ」

剣身が白銀に輝き、光の当て方によっては虹色の光沢を放つ。

剣に魔力を流してみると恐ろしくスムーズで、まるで伝説の聖剣を手にしている気分になる。

魔力を纏《まと》った剣の姿があまりに神々しかった。

ツヴェイトの言う通り、この剣にゴテゴテした装飾など無粋の極みだ。

余談だが値札が付いており、とても良心的なお値段だった。

ゼロスに言わせると、『暇潰《ひまつぶ》しになったし、特殊効果すらない剣に高額な値段をつけるわけにはいかない』とのことらしい。

彼の基準がどこにあるのか、よく分からないところである。

「ちなみに、もう一振りある。デザインはいつぞや修復した剣を模してみたけど、どうよ」

「ロングソードか……。言っちゃなんだが、両方とも国宝級だぞ。これを陛下から賜ることができれば、騎士としては最高の名誉になるな」

「騎士剣……これは、陛下に献上したほうがいいですね。僕のような子爵家に置いていいものじゃないですよ」

「そこは親父《おやじ》に話を通しておくか。今すぐ戻って話をつけておかないと、あの親父はいつ捕まえられるか分からねぇからな」

「色々と忙しい人だからねぇ……あっ」

ここでおっさんは思い出す。クロイサスの忘れ物のことを……。

急いで鍛冶場に戻り、置いていったものを手に戻ってきた。

「ツヴェイト君、ついでと言ったら悪いんだけど……。魔導銃《コレ》をクロイサス君かデルサシス公爵に返しておいてくれないかい？　今朝がたクロイサス君が忘れていったものなんだけどねぇ」

「ぶっ!?　……あの馬鹿」

最重要機密扱いである魔導銃。

その試作品をゼロスから受け取ると、ツヴェイトは思わず呻《うめ》いた。

機密扱いの武器を忘れていくクロイサスの無責任ぶりに、思わず頭を抱えたくなる。家族であるならなおさらのことだ。

ゼロスのところだったからよかったものの、これが他国の手に流れでもすれば最悪である。

「これはあの馬鹿のミスだ。師匠のところで助かったぜ……」

「まぁ、僕も彼に某レシピを渡した責任があるしねぇ。まさか、あそこまで浮かれるとは思わなかったよ」

「研究馬鹿だからな。師匠とゆっくり話をしたいところだが、こいつのことを考えると急いで帰ったほうがいいか」

「これ、何なんですか？　武器でしょうか？」

「……今は知らないほうがいい。むしろ忘れたほうが身のためだ」

「えっ？」

魔導銃のことを知らないクリスティンは困惑の表情を浮かべた。

そんな彼女に一瞬萌《も》えたツヴェイトだったが、事の重要さを思い出す。

クリスティンとはいえ、今は魔導銃のことを知られるのはまずいのだ。

とりあえず軍事機密ということだけ伝え、急いで屋敷に帰ろうとする。

クリスティンも『ありがとうございます。剣のお代は近いうちに必ずお支払いしますから』と言い残し、二人揃《そろ》って帰っていった。

そんな二人を見送ったゼロスは――、

「やっていて色々と思いついたし、本気で剣を鍛えてみるかねぇ」

――などと言って、再び鍛冶場に向かう。

鍛冶魂に火がついたおっさん。

それから三日ほどこもっていたらしいのだが、彼が何を作っていたかは定かではない。

ただ、世間に出すことのできない性能を付与されたものであることは確かである。

第四話　エロムラの災難と、聖法神国の勇者

さて、『俺は出会いを求めてダンジョンに行ってくる！』と叫び、一人アーハンの村にまで来たエロムラであったが、現実的に考えてそんなことありえるはずもない。

いや、少なからずそのようなこともあるだろうが、そもそも傭兵《ようへい》がダンジョンに潜るのは金目的である。彼等の大半が生活苦なのだ。

よほど信頼のある傭兵であるのなら、貴族や商人の護衛依頼だけでも稼ぐことができるが、逆に相応の実力がなければ、討伐依頼ですら稼ぎが出せないのが実情である。

エロムラのような下心満載でダンジョンに来る者など、普通に考えてもいるはずがなかった。

なまじ新人装備で来たことが仇《あだ》となり、ナンパ目的の勧誘もやんわり断られてしまった。

装備の良し悪しが実力を示すステータスであることを失念していたのだ。

『不幸だ……』

エロムラは現実の不条理を呪う。

予定では駆け出しの可愛《かわい》い美少女傭兵や、気風《きっぷ》のいい姐御肌《あねご》の女性傭兵と共にダンジョンに繰り出すはずだったのだが、現実は強面《こわもて》のガチムチな男達四人に囲まれていた。

「ハッハッハ、そんなに不安そうな顔をすんなよ。俺達はこう見えても手練《てだ》れだぜ？」

「ダンジョン化したこの坑道も何度か潜ってんだ。そう心配すんなよ」

「たっぷり楽しませてや――おっと、俺達が守ってやるからよぉ～」

「そうだぜ。大船に乗った気でついてこいや」

駆け出し装備を用意したことが裏目に出た。

弱そうな見た目では女性傭兵が相手にしてくれるわけもなく、結果として親切なおっさん傭兵しか仲間になってくれなかったのである。

もっと正確に言うのであれば、彼等の方から接触してきた。

『いい人達なんだろうが、気のせいか？　なんかおかしい……』

一見して強面。だが親切なおっさん達に、エロムラはなぜか危機感のようなものを持っていた。

親切すぎるところがどうにも怪しい。

必要以上に馴《な》れ馴《な》れしい感じがするのだ。

ときおり体に触れてきたり、エロムラを見る一瞬の目つきが獲物を狙うような鋭い感じであったりと、信用する気にはなれない。

初心者を狩るような悪質傭兵の可能性もあるので、警戒を強めていた。

馬鹿なエロムラにも、そのあたりの危機感はあったようである。

「確か、こっちだったな」

「おう、そして隠し扉をくぐれば……」

「ここはいい場所だよな。色んな意味で最高だ」

「最高のスリルを味わえるぜ。キヒヒ……」

弱い魔物は傭兵達から逃げていき、坑道を進む速度は思ったよりも速い。

そして岩壁に偽装された隠し扉をくぐると、そこは何もない小部屋であった。

ますます嫌な予感がするエロムラ。

「なぁ、ここ何もねぇぞ？」

「そうだな。何もねぇ」

「俺達以外には、だが……」

「そう焦るなや、まだ時間はたっぷりあるぜ」

「ヒヒヒ……」

笑い声と同時に扉が閉まる音がする。

それを確認すると、四人の男達は静かに装備を脱ぎだした。

「ま、まさか……アンタら」

「ハッハッハ、気付いちまったようだから言わせてもらうぜ……」

「「「やらないか？」」」

「あっ、初心者狩りじゃなくてよかった……。じゃなくてぇ、そっち系だったのかよっ!!」

四人共にそっちの人達だった。

しかもご丁寧に横一列に並び、男前な表情で絶対に聞きたくもないセリフを同時に言った。

「嫌な予感がしてたんだぁ！　初心者狩りにしては目つきや態度がおかしかったし、考えたくはなかったが雰囲気がリサグルの町で出会ったヤツに似ていたしよぉ!!」

「な、なに？」

「まさか、お前もヤツに会ったのか!?」

「何たる偶然……」

「なんてこった。ヤツに出会った者達は引かれ合う運命なのか……」

驚愕《きょうがく》する男達。

その様子にさすがのエロムラでも気付いた。

「き、聞きたくねぇけど、ま、まさかあんたら……」

「「「「そう、俺達はヤツの……被害者だ」」」」

「嘘《うそ》だろぉ!?」

エロムラが出会ったヤツとは、リサグルの町で覗《のぞ》きに失敗し牢《ろう》に収監された際、ちょうど後から同じ牢に入ってきた男のことである。

彼はエロムラを含む学生達に関係を迫り、狭い牢の中で一晩中逃げ続けたという、思い出したくもない苦すぎる黒歴史を刻んだ。呼び起こされた恐怖の記憶で背筋が凍る。

エロムラはかろうじて大事なものを失わずに済んだが、目の前の男達は失った側だった。

「俺達も、最初からこんな趣味ではなかったんだ……」

「ヤツを仲間にしたのが運の尽きだったな……」

「不審な行動をする奴だと思っていたが、その日、野営の最中に襲われて……」

「俺達は……薔薇の花園に引き摺り込まれてしまったんだぁ!!」

涙を流しながら黒い歴史を思い出す男達。

むせび泣く彼等の姿が痛々しい。

「その被害者が、なぜ……」

「忘れられない記憶だった……。夢で何度もうなされた」

「だが、あの時の喪失感が……」

「この体に刻まれた快楽の記憶が……」

「俺達に新たな扉を開かせてしまったんだよぉ!!」

「「「俺達は無理やり目覚めさせられたんだ。もう、そっちの道に走り続けるしかねぇだろ!!」」」

「だからって他人を襲うんじゃねぇよぉ!?」

被害者が加害者に変わる。

なんとも恐ろしい腐の連鎖が生まれていたようである。

「だからよぉ～、この不幸を分かち合おうぜ」

「なぁ～に、天井の染みでも数えていればすぐに終わるさ」

「お前、いい尻をしてるよな。どんな鳴き声を聞かせてくれるのか楽しみだ」

「天国の扉を開こうぜ。どうせここから逃れられないんだからよぉ～」

「じょ、冗談じゃねぇぞ!!」

　エロムラは全力で入ってきた扉に向かうと、ドアノブを押しのけるかのように力を入れ外に出ようと試みたが、扉は一ミリたりとも開くことがない。

　必死に叩《たた》いてもびくともせず、開かない扉に焦りだす。

「な、なんでだぁ⁉　入る時は確かに開いたのにぃ‼」

「この部屋はなぁ～、どこかに偽装して設置されている解除ボタンを押さねぇと、扉が開かねぇ仕組みなんだよ」

「さぁ～て、探している暇はあるかな？」

「本当の快楽と魂の解放ってやつを教えてやんぜ」

「ヒヒヒ……また仲間が増える。世界に広がる愛の輪だぁ～」

「く、来るなよぉ……。俺のそばに近づくんじゃねぇ……」

　エロムラ、再びの貞操の危機だった。

　半裸でゆっくりと迫る男達を前に、心は恐怖と絶望に染まる。

　そう、エロムラはリサグルの町でそっち系の人に襲われた恐怖から、この手の者に対してすっかり牙を折られた負け犬となっていた。

「へへへ……そう怯《おび》えるなよぉ～、そそるじゃねぇか。もしかして誘ってんのか？」

「俺達もこんなことは不本意なんだが、ウヘヘ……性欲が抑えられねぇんだよぉ」

「せめて優しく男の良さを教えてやるぜ。潔く諦めてケツを締めろや」

「覚悟はいいかい？　Ｐｒｅｔｔｙ　Ｂｏｙ♡」

「や、やめろ……来るな！　ぶっ飛ばすぞ‼　って……はへ？」

まさに絶体絶命となったその時、エロムラは足元の地面が消えたかのような、突然の浮遊感に襲われる。そして彼は穴の中へと消えていった。

「な、ランダムトラップだとぉ!?　この部屋にもあったのか!!」

「ハニーが落ちちまったぜ、畜生！」

「なぁ～んてこったぁ、あの尻は俺のものだったのに！」

「いったいどの階層まで落ちたんだ!?」

ランダムトラップ。

決められた時間や日数、あるいは特定の条件下で発動する予測不能なダンジョントラップの一種である。念入りに偽装されているので発見することが難しい。

この手の罠《わな》はいつ発動するか分からず、多くのダンジョンアタッカー達を過酷な試練に誘い込む。

エロムラにとって幸いしたのが、この隠し部屋に設置されていたのは落とし穴だったことだ。

その行き先は廃坑ダンジョンの中階層エリアであった。

「助かった……。なんで俺だけがこんな目に遭うんだ。俺、何か悪いことしたか？　もう嫌だ、こんな人生……」

落ちた先で自分の運の悪さに、エロムラは涙を流す。

こうして、エロムラは貞操の危機から逃れることはできたが、同時にダンジョンの中階層エリアから自力での脱出を余儀なくされるというハードな展開に陥ってしまう。

拡張されたダンジョンからの単独帰還は困難を極め、サントールの街へ戻れた頃には、エロムラの肉体と精神はボロボロの状態であったという。

ダンジョン内でかなり追い詰められたのか、ツヴェイトが事情を尋ねても何も答えず、ただ無言で涙を流すのみであったという。

合掌――――。

◇　◇　◇　◇　◇　◇

メーティス聖法神国の西方から続く街道を、首都である聖都【マハ・ルタート】を目指し進む一団がいた。

全員が白銀の鎧《よろい》を身に纏《まと》い、四神教を示す光輪十字の旗を掲げ、隊列を乱すことなく整然と進む聖騎士の一団であった。

「もうすぐトチーカの街に着くな……」

そう呟《つぶや》いたのがこの聖騎士団を率いる将であり、最強の勇者と呼ばれる神聖騎士の称号を与えられた異世界人、【川本《かわもと》　龍臣《たつおみ》】である。

【川本　龍臣】【岩田《いわた》　定満《さだみつ》】【姫島《ひめじま》　佳乃《よしの》】【笹木《ささき》　大地《だいち》】【八坂《やさか》　学《まなぶ》】を五将とし四神教の切り札とされていたのも昔の話だ。

【岩田　定満】は既にこの世にはおらず、【姫島　佳乃】は他の勇者数名と共に行方不明。

【笹木　大地】は聖都周辺の治安維持活動を【八坂　学】と共に行っていたが、面倒な仕事を途中で投げ出す癖があるため、彼の仕事の大半は事務能力がそれなりに高い【八坂　学】に回されていたりする。酷《ひど》い話だ。

一部では『もう、マナブ様が仕切ったほうがいいんじゃね？』と言われているとか。

彼の不幸は続く……。

一年前のアルトム皇国との戦闘で既に半分以上の勇者は失われ、残された勇者も戦闘に不向きな第一次産業や二次産業の生産職。

戦闘を最も拒絶したのが、【笹木　大地】の指揮下で火縄銃製作に身を置いている勇者鍛冶《かじ》師の【佐々木《ささき》　学《まなぶ》】（通称サマっち）で、彼は『無理！　僕ちゃん戦闘なんてゴブリン相手でも無理！』と逃げ続け、その間に火縄銃を完成させた功績を【笹木　大地】に奪われたのだが……当人は気にしていない。

むしろ面倒な責任者の立場をこれ幸いにと押しつけた。

他の生産職勇者達も同様で、現時点で国内に戦闘できる勇者は三人しか残されておらず、【川本龍臣】【笹木　大地】【八坂　学】に否応《いやおう》なくしわ寄せがくることになる。

龍臣もこの数ヶ月、西の大国であるグラナドス帝国国境方面に任務で赴いていたので、聖都の情報は一切届くこともなく、最近になってやっと報告書に目を通すことができた。

国境近辺は治安悪化が著しく、犯罪も横行しており、余計な雑事に気を取られることがないようにという配慮から情報封鎖されていたらしい。

「これで皆が一息つけますね。私もベッドが恋しいです、タツオミ様」

「もう少しの辛抱だ、リリス。今回も長い旅だったが、トチーカの先はマハ・ルタートだ。皆にも、もう少し頑張ってもらおう」

リリスという名の少女に疲労交じりの微笑《ほほえ》みを向ける。

彼女は元聖女であり、現在は龍臣の恋人兼補佐役を務めている。

聖女という職業は回復系魔法や防御魔法に長《た》けており、法皇ほどではないにせよ神官や司祭に比べて、その効果は二倍近い差がある。

こうした遠征の大部隊には一人は欲しい存在であった。

「でもタツオミ様、聖都では大神殿が崩壊したと報告がきてましたよね？　あと、イワタ様もお亡くなりになられたとか……」

「それが信じられない。岩田は勇者としては最低の奴だったけど、決して弱いわけじゃなかった。防御力と力だけは僕達の誰よりも高い。それほど転生者が強いということなのか」

「報告書一通だけでは、詳しいことは分かりませんものね。それに、だいぶ前にお亡くなりになっていたとか……。なぜ今頃になって伝えてきたのでしょうか？」

「分からない。けど、僕達は西方に遠征していたから、動揺させたくなかったんじゃないのか？」

勇者岩田の死因は不明瞭な点が多い。

転生者と戦闘になったことは書かれていたが、どうやって敗れたのか詳しい内容は省略され、獣人族が組織的な動きを見せ始めたことと、ルーダ・イルルゥ平原には最低でも転生者が二人いるらしいという曖昧で中途半端なものだけである。

その時に負った傷が原因で、帰還してすぐに息を引き取ったというが、龍臣にしてみれば岩田がそのような責任感のある男ではないことを知っている。

命懸けで任務を全《まっと》うするようなことは絶対にないと言い切れるほどだ。

「怪しいな……。岩田の部隊が壊滅したのは分かるが、そんな状況になる前にアイツは真っ先に逃げ出すはずだ。現に一年前の戦争では指揮官としての責任を放棄して逃げた」

「……そうですよね」

「それに、分からないのは転生者だ。獣人のような野蛮人達に肩入れをしていたかと思えば、僕達聖法神国に協力している人もいる」

「あぁ……たしか、【腐・ジョシー】様ですね？」

「……彼女の作品は、お世辞にもまともなものとは言えないが」

転生者、腐・ジョシー。

街角で薄い本を販売していたところを捕らえられ、倫理的な問題から裁判にまで発展したのだが、百合《ゆり》や薔薇《ばら》の広い愛の世界を熱く語り、逆に判事達を丸め込んだ。

今では公に薄い本を販売して少なからず財政にも貢献しているのだが、彼女の活動に触発され薄い本を製作する作家や出版社が増えだし、変な方向の文化革命にまで発展した。

その影響でジョシー氏もヒートアップすることになり、作品の内容がどぎつくなる悪循環が発生する。

愛の世界とやらはどこへ消えたのだろうか。

『欲がダダ漏れの、えぐいストーリーばかりなんだよな……』

古き時代のエログロナンセンスすらどこにもなく、ただ欲望に身を任せただけの作品が生まれる。

正直、このまま販売し続けていいのかとも思うが、下手に取り締まると反発する者が出てくるのが悩ましいところだ。

財政問題にも影響するのでなおさら扱いがめんどくさい。

検閲するか、今一度芸術とは何であるかを真剣に考えてほしいと龍臣は思う。

「……あの本、私と同期の子が書いているんですよ」

「笑えない冗談だ」

リリスと同期の聖女曰《いわ》く、『愛とは、決して幸福で綺麗《きれい》なものだけじゃないのよ！　愛ゆえに憎しみが生まれることもあれば、悲劇が生まれることもあるわ！　私はその業の深さを伝えていきたい』とのこと。

言っていることは分かるが、やっていることは趣味丸出しの作品作り。

輸出先の国民層に教育問題という形で影響が出ており、これでは布教ならぬ腐教だ。

「他にも問題作品が……。あのパクリネタの総集編みたいな本はいただけない」

「オリジナル要素がないと、タツオミ様も言ってましたよね」

低年齢層向けの作品も売り出しているのだが、某有名作品やアメコミなどを全てミックスしたような、お世辞にも教育上よいとは言えない内容に仕上がっていた。

何しろストーリーが無茶苦茶で、物語の出だしと最後では内容がかなり変化している。

例を挙げれば、海賊王になるために海に出て、最終的に宇宙の帝王と戦うという訳の分からない展開に変わる。

主人公が頻繁に世代交代を繰り返し、なぜか途中からロボットものに路線変更するなど、読んでいる側には展開が変わりすぎて意味不明。

ストーリー性をガン無視した本を売るのも問題だが、最大の問題は、そうした書籍が受け入れられるほど娯楽が少ないことにある。

眉を顰《ひそ》めたくなるような駄作でも、この世界の民には充分楽しめる刺激なのだ。

「検閲……やらないんだよなぁ～」

「あの部署……メーティス聖法出版ですが、もう手がつけられないんです」

勇者すら手に負えない危険な部署だった。

何しろ文句を言いに行けば屁理屈《へりくつ》で論点をずらされ、最悪の場合、新たな扉を強制的に開かれる。

百合や薔薇に走った被害者がかなりの数に上るらしい。

「なんか、急に聖都に戻りたくなくなってきた」

「分かります」

長い任務からやっと戻ってこられたというのに、帰れることが次第に嫌になってきた二人。

せっかく戻っても、余計な仕事で休む暇もなく働かされる気がしてならなかった。

「勇者って、こんなことをする存在なのか？　もう雑用扱いじゃないか」

「治安維持活動でも手一杯なのに、最近では上層部からの悩み相談までありますからね。それだけ国内が混乱して………あら？　あれは何でしょうか？」

ちょうどトチーカの街を囲む外壁が見えたところで、街の中心あたりから煙が上がっているのを目にする。

「火事か？　いかん、急いで消火活動をしないと」

「待ってください。今、何かが……えっ!?」

黒い煙が出ているあたりから、突然天を突くような火柱が上がった。

同時に飛翔《ひしょう》する巨大な影。

「な、なんだアレは!?」

「ドラゴン!?　いや、ドラゴンにしては禍々《まがまが》しい……」

「まさか、アレに襲われているのか!?」

聖騎士達の間に動揺が走る。

ドラゴンはおよそ人間が太刀打ちできるような魔物ではなく、種類によっては国一つ壊滅させる大自然の脅威だ。特に龍王クラスは災厄と言っても過言ではない。

「アレが……ドラゴン。初めて見た……」

「なぜ、こんな場所に……」

龍臣やリリスが驚愕する。

そもそもドラゴンは、ファーフラン大深緑地帯の奥地に生息する魔物だ。

人間などを捕食するよりも、かの地で大型の魔物を狩ったほうが充分腹が満たされる。ゆえに人間が住む土地へ来ることは滅多になく、現れたとしてもすぐに戻っていく。

それを理解するだけの知性を持ち合わせているのだ。

「あんな魔物が、なんでこんな場所に……」

龍臣達聖騎士団は、大空を舞う漆黒の巨獣に目を奪われていた。

ドラゴンは街を旋回すると、北に向けて飛び去っていく。

「あの……タツオミ様？　街の様子を見にいかなくてよろしいのでしょうか？」

「ハッ!?　そうだった。全軍、急いでトチーカの街に向かうぞ！」

疲労している体に鞭《むち》を打つかのように、聖騎士団は一斉に走り出した。

真っ先に街へ突入した騎馬隊は、被害状況の確認や救助活動のため四方に散っていく。

そして、街の神殿関係者からもたらされた報告の内容に、龍臣は驚くべき事実を知ることになる。

「被害が神殿や教会ばかりだなんて、いったいどうなっているんだ……？」

トチーカの街で得た情報や報告書を見て、襲撃したドラゴンの行動を不可解に感じる龍臣。

漆黒のドラゴンが襲撃した場所は四神教が管理する神殿や教会のみで、他の建物には一切被害が出ていなかった。

被害者も司祭や神官ばかりで、たまたま祈りを捧《ささ》げに来た一般市民はかすり傷程度の軽症だった。

というか、そもそもこのドラゴンは、以前からメーティス聖法神国各地で目撃されており、既にいくつもの四神教施設が襲われているとのことで、なぜ、これらの情報がこれまで自分に知らされなかったのか龍臣は疑問に思う。

「何だ、これは……。まるで、四神教に恨みを持っているみたいじゃないか」

「報告では、他の街や村でも同じことが起きているようです。現在被害を受けた神殿や教会は二十一件ですが、一般人の被害は少ないようですね」

基本的に魔物は人間を含む他生物を食料としか見ていない。

稀《まれ》に繁殖の道具にする生物もいるが、大半が生きるための食料という認識だ。

それが四神教の施設を集中的に狙う。恨みを持っているとしか思えない行動である。

「偶然？　いや、偶然なわけがない。意図的に狙っているとしか……だが……」

「ドラゴンなら知性が高いはずですから、意図的に神殿や教会を狙うことも、充分に考えられる事態だと思いますが？」

「だが、なぜ狙うかが分からない。この国はあのドラゴンに何をしたんだ？」

ドラゴンは最強種の一角を占める生物である。

強者であるがゆえに捕食活動以外で他の生物を襲うことはないが、縄張りを侵されたり子供を狙われたりした時に獰猛《どうもう》な牙を剥《む》く。

人の住む領域にドラゴンは生息していない。いたとしても亜竜のワイヴァーンなど、飛竜種程度のものだ。ドラゴンが人間と関わり合いになること自体考えられない話だった。

しかし、現に被害は出ており、人間側がドラゴンにちょっかいを出したとしか思えない。

「……まぁ、これ以上考えたところで答えは出ないな。復旧作業を手伝っていくから、マハ・ルタートに報告を送っておこう」

「それしかないですね。原因を知りたくても、ドラゴンに聞くわけにはいきませんから」

「ハァ～……この国は一体どうなってんだ？　災厄続きじゃないか」

「さぁ？　私も何が何だか……」

元聖女と勇者は溜息《ためいき》を吐《つ》くしかなかった。

◇　◇　◇　◇　◇　◇

マルトハンデル大神殿が崩壊して以降、ミハロウフ・ウェルサピオ・マクリエル法皇七世は頭を抱える日々が続いていた。

政治の拠点を古い聖堂に移し、雑務に追われ続ける毎日。

戦える勇者は残り少なく、北では獣人族が反旗を翻し、周辺諸国は経済圧力をかけてきている。

食料問題を抱えたイサラス王国ですら、簡単に首を縦に振るようなことがなくなった。

これもイルマナス地下街道が開通し、ソリステア魔法王国から食料支援が可能になったためだ。

元より人口も少ないので小国からの支援だけで充分なのである。

「なぜ、なぜ私の代になってこのような……」

幾度となく呟いた苦悩の込められた愚痴。

分厚い報告書を握りしめ、野心家である現法皇は悔しさを滲《にじ》ませていた。


【短期的外交方針と対策】

【神聖魔法の価値低下への対策】

【勇者召喚魔法陣の消失と聖都マハ・ルタートの壊滅的被害の現状】

【ヘルズ・レギオン被害の復興状況】

【勇者不足による戦力不足の解消について】

【ルーダ・イルルゥ平原の勢力の現状】

【各地での神殿や教会の襲撃被害状況】Ｎｅｗ

数々の由々しき事態に手がつけられない。

書類の時系列順番はバラバラではあるが、どれも簡単に解決できない問題ばかりであった。

勇者が召喚できない以上、強力な力を保持した兵力の増加は見込めない。

周辺諸国との折り合いは外交でなんとかできるとしても、聖法神国の権威を維持し続けるのは難しい状況だった。

「塩の販売ルートは小国が保有しておるし、イサラスとの金属の販売ルートはソリステアとアルトムが独占状態。神聖魔法による治療も回復魔法のスクロール販売で需要の低下が著しい。我等がこんな状況だというのに四神からは神託が一切ない……」

ミハロウフは少々勘違いをしていた。

四神教にとって四神は絶対者であり、その教えを守るために厳格な管理体制を敷いてきた。

しかし、時代の流れは常に変化を求めており古い体制では国を維持できず、権威を守るためにその都度新たな方針を模索し実行してきた。

その方針も不要なら即座に廃止する。

勇者召喚による戦力確保や薄い本の販売といったものも手段に過ぎない。

だが、四神が求めているのは娯楽だ。

人間のことはあくまで娯楽を生み出すための道具程度の認識であり、特定の国を優遇しているわけでもない。メーティス聖法神国は都合がいい下僕というだけの話で、不必要ならさっさと見放すことだろう。

厳格な管理体制社会など、エンタメの発展を望んでいる四神には全く無意味なのだから。

要は四神を信奉する人間側と、崇《あが》められる四神との間に深い溝があるのだ。そして四神はエンタメを発展させてくれるならどこの国でもよく、聖法神国にこだわる必要はない。

四神にとって、自分達の欲望以外は本当にどうでもいいのだ。

「法皇様、報告します。聖女様に四神の神託がきたようなのですが……」

「おぉ、それで何か有用な情報は得られたのか？　この危機を乗り越えられるような」

「それが、例のドラゴンは正体が分からないらしく、政治については管轄外とのこと……」

「つまり、なにも分からぬし、関わる気もないということじゃな？」

「ドラゴンに関しては正体不明としか……」

「そうか……ご苦労であった」

報告にきた司祭を見送ると、法皇は鬱々《うつうつ》とした表情で天井を仰いだ。

内憂外患。そんな言葉が脳裏を過《よぎ》る。

メーティス聖法神国は政治の中枢部へ近づくほど腐っている。ミハロウフもその腐った司祭の一人であったからよく理解している。枢機卿など貴族顔負けの豪華な生活を送っており、国民の最下層は貧困に喘《あえ》いでいた。

汚職も横行しており、聖騎士の中には犯罪者と癒着している者も少なくない。

国の立て直しをしようにも、予算の大半が無駄遣いで消えているので、今の状況下で苦労することは目に見えていたはずだった。

要するに自業自得である。

「異世界人共を動かしておるから、しばらく国民の誹《そし》りは防げるじゃろうが、それも時間の問題か……」

復興資金の獲得や新たな貿易ルートの構築。国民の不満を解消するためには予算がいくらあっても足りない。その予算も少ない。

神の知恵を借りようにも、その神は人間の政治には全く関心を寄せていない。

その間にも状況は少しずつ悪くなっている。

「せめて経済だけでも立て直さねば……」

聖都をはじめ各地で産業や商いに大きな支障が出ており、復興がかなり遅れている。

復興の遅れは治安の悪化を招き、結果として盗賊が横行。帝国国境方面の任務に就いていた【川本　龍臣】と、もともと国内の治安活動で動いていた【八坂　学】に討伐させていたが、それも大して効果がなかった。

他の勇者も生死不明の者が多く、監視役だった【四神教血連同盟】も異端審問官達も今や機能していない。

たった数ヶ月の間に多くの手札を失った。

「この国は……もう、駄目なのかもしれぬ、な……」

権威や財など死んでしまえば意味はない。

だからこそ名声に固執し、聖人として永遠にこの世に名を刻もうとしたミハロウフだったが、ここにきてその野望が頓挫しかけていた。

転生者という正体不明の者達が暗躍し、周辺諸国がメーティス聖法神国のやり口に異を唱え、戦においては敗北が続いている。

歴史に名を残すことが唯一の望みであったが、今の状況では数多くいた法皇の一人という程度にしかならない。

彼は『なぜそうなったか？』の原因すら理解していない。

はっきり言えば、今まで周辺諸国に対しかなりゴリ押しで要求を突きつけていたが、ミハロウフの代でそのツケが回ってきただけの話だ。

「だが、諦めきれん……。永遠を……私に永遠を……」

未来永劫《えいごう》歴史に名を残すことに執着したミハロウフの野望は、現実が否定しようとも諦めきれないまでに肥大していた。

野心を持つ人の業である。

それが儚《はかな》い夢であっても、それを咎《とが》めることはできない。

人の歴史はこうした想《おも》いの積み重ねによって生まれてくるものなのだから――。

◇　◇　◇　◇　◇　◇

人の踏み込めぬ位相空間、【聖域】。

ここに二人の女神が顔を合わせていた。

「ぬぅあ～～～っ、ウィンディアとガイラネスはどこへ行ったんだぉ～～っ!!」

「最近見かけないわね……。まぁ、どうせその辺をほっつき歩いているんでしょ。心配するだけ無駄よ」

「そうは言うけど、聖女達が色々五月蠅《うるさ》いんだぉ。お願いすれば何でも神託で答えてくれると思っているのだぁ～っ！」

「そのうち帰ってくるわよ」

四神と言われているが、基本的に彼女達は自己中だ。

自分の求めるもの以外には無関心で、それが仲間のことであっても扱いは適当である。

「きっとどこかで面白いものを発見したんだぁ～～っ！」

「ガイラネスはともかく、ウィンディアならありえるわね。あの子は放浪癖があるから」

「アクイラータは何か面白い情報はないのぉ～？　暇なんだよぉ～～～っ」

「あるわけないでしょ。それよりも空中に浮かびながら転がり回らないでくれる？　鬱陶《うっとう》しいんだけど」

「暇ぁ～だぁ～。そうだ、アクイラータ。ちょっと裸踊りでもするがよろし。どうせすっけすけの服を着てるんだから、脱いでも恥ずかしくないっしょ」

「するか！」

ウィンディアがどこぞの元邪神に封印されたことや、ガイラネスがとっくに自分達を裏切っていることなどつゆ知らず、フレイレスとアクイラータは暢気《のんき》であった。

地上で起きていることなど人ならざる彼女達には知ったことではない。

どこまでも自分優先であった。

◇　◇　◇　◇　◇　◇

ガイラネスは虚《うつ》ろな目を開き、大好きな睡眠から目を覚ました。

周りを見れば木造の壁に囲まれ、窓からは暖かな日光が差し込んでいる。

「ふぁ〜、枕を変えよう」

惰眠を貪《むさぼ》る元女神は、更なる惰眠を貪るべく位相空間に手を突っ込んだ。

彼女は神としての力を失ったが、元より地属性なので重力を操ることができる。その重力操作を利用して簡易的な位相空間を作り出すことや、別の場所へと移動することができる程度の能力は残されていた。

当然のことだが、こうした空間操作能力を利用してインベントリーやストレージのような倉庫を努力して作り出し、利用していた。

欲を満たすためならどんな労力も厭《いと》わない。

求めるのはふかふか抱き枕だったのだが、ここにきて妙な手ごたえがあることに気付いた。

なんとなくそれを手繰り寄せ引き出す。

すると、アルフィア・メーガスによって封印されたはずの風の女神（正確には元女神だが）が、ガイラネスの開けた異空間に繋《つな》がる穴から引っこ抜かれた。

どうやら封印空間と自分の異空間倉庫を繋げてしまったようだが、事情を知らないガイラネスは不思議そうに、ただ首を傾《かし》げただけであった。

「……ウィンディア？」

「…………うぅ……ガイラネス。封印……解いてくれたの？」

「封印？　何のこと？　……私の枕は？」

「私、邪神に力を奪われて、封印されてたんだけど……。あっ、邪神が復活しているの知らせ、ない……と…………めんどい」

「？」

邪神と言われてもガイラネスにはよく分からない。

彼女が信奉するのは惰眠のパジャマ神なのだから。

「よく分からないけど、私の枕はどこ？」

「……枕？　見てない」

「どこ？　私のお気に入り」

「……知らない」

「…………」

ガイラネスは、お気に入りの枕がないことに絶望する。

表情的にはボ～ッとしているように見えるのだが、確かに絶望していた。

そして、枕の代わりにウィンディアを抱き寄せると、そのまま布団の中へと引きずり込む。

「……なにしてるの？」

「ウィンディアを抱き枕にする。お休み……むにゃむにゃ」

「……意味分かんない。それより邪神……どうしよう」

窓から差し込む日光と、抱き枕にちょうどよいウィンディアの身長と適度な柔らかさが相乗効果を成し、ぐぅ～たらな元女神は速攻で眠りに落ちた。

「……相変わらず寝つきがいい。そして……苦しい。あぅ…………意識が……」

そのまま身動きができなくなるウィンディア。

他の二柱に邪神復活の情報を伝えなければならないのに、ガイラネスは一度寝たらなかなか目を覚まさない。そもそも起きていてもほとんどが寝ぼけた状態なのだが……。

状況が切迫しているのに何もできず、抱き枕となってしまったウィンディア。

だが、これが彼女の地獄の始まりであった。

寝具くれくれたこら～は抱きついたら離れず、しかも万力のようにぐいぐいと締めつけてくる。

ウィンディアは締めつけられる苦しみで何度も気絶と覚醒を繰り返し、地獄の責め苦を受け続けることになるのであった。

◇ ◇ ◇ ◇ ◇ ◇ ◇

同時刻。ゼロスが何をしていたかというと――。

「地下倉庫の改装はこんなもんでいいか……。しかし、無駄に広くなってしまったな」

アルフィアの培養槽があった部屋の改築をしていたおっさんは、調子に乗って地下を大改装していた。

具体的には地下の通路を魔法で更に下へと掘り下げ、部屋を一度埋め戻して別の場所に新たな部屋を再構築した。

問題は、部屋を無駄に広く作ってしまったことで、用途については何も考えていなかった。

物置にしても広すぎたのだ。

「う～ん、天井にクレーンでも設置しようか？　失敗作を置いておくにしても余裕もあるしなぁ～、何かデカいものでも作るかねぇ～」

バイクは作った。エア・ライダーも手に入れており、そうなると次に作るのは飛行機や船ということになるが、そんなものを作っても意味がないし大きすぎる。

となると車サイズがちょうどいいが、アドのように軽ワゴンを作るのも芸がない。

「……戦車でも作ってみるかな？」

発想が飛躍しすぎていたが、残念なことにここにツッコミを入れる者はいなかった。

しかし、溢れるロマンにはとことん忠実なおっさんは、そんなことを気にすることもない。

「フフフ……エア・ライダーのブラックボックスを流用すれば、ホバー戦車も夢ではないかも。いっそアハト・アハトも搭載したいねぇ」

趣味のためなら常識を捨て去る。

何だかんだいったところで、所詮《しょせん》このおっさんも殲滅者《せんめつしゃ》の一人であった。


この二日後、ツヴェイトとセレスティーナ、意気消沈でサントールの街に帰還したエロムラを無理やり巻き込み、ダンジョンアタックに向かうのであった。

第五話　聖法神国の剣豪

地下下水路を走り抜ける巨大な影。

その巨大な影を追いかける二組の小さな影は、激しい戦いを繰り広げていた。

薄暗い下水路に飛び散る火花と、腐臭の混じった黒い血液が飛散し、ただでさえ悪臭の漂う下水路が更なる悪臭によって上書きされていた。

「こいつはしぶといな。大抵はすぐにくたばるもんだが、なかなかどうして斬り応えがあるじゃねぇか」

「手古摺《てこず》らせてくれますね。私としては、こんな場所は遠慮したいところなのですが」

中世西洋文化のこの大陸に不釣り合いな東方風のいでたち。

一人は刀を携えた五十代半ばくらいの男で、もう一人は二十歳前後のくノ一装束の女性であった。

名は【サカキ・ゲンマ】と【サカキ・コズエ】(旧名コズエ・ハーフェン)。

ぶっちゃけて言えばカエデの両親であり、種族はエルフなので見た目の雰囲気より年齢はかなり高い。

二人は傭兵《ようへい》で、とりわけ賞金首を狙う狩人である。

だが、それだけでは日々の暮らしをやっていけないので、たまにこうして魔物退治をすることもある。生活苦と傭兵とは切っても切れない関係であり、それはゲンマ達も変わりがなかった。

たまたまメーティス聖法神国を訪れていた二人は、傭兵ギルドで下水路に生息する謎の生物の討伐の依頼を受け、複数の傭兵パーティーと共に地下を調査していた。

そして、偶然にもその魔物と遭遇し戦闘に入ったのだ。

ゲンマと分かれた他の傭兵達は既に食われており、残りは今も下水路を調査して合流に至っていない。実質コズエと二人で討伐しなければならない状況に陥っていた。

「コズエ、お前は追跡だけに専念していろ。こいつは俺が殺《や》る」

「あなた……。そろそろお風呂に入りたいと思うのですが、今日泊まる宿にお風呂はあるのでしょうか？」

「お前……こんな時に風呂の心配か？」

「大事なことですよ？　このような汚いところでお仕事をしているのですから、宿で綺麗《きれい》にいたしませんと病気になってしまいます」

「まぁ、確かに……」

地下下水路――要は家庭排水を流すための水路だが、当然汚物などもこの下水に流れ込むことになるわけで、雑菌なども大量に繁殖していることは間違いない。

お世辞にも清潔などとは言えない場所だ。

「しっかし、なんなんだぁ？　この化け物は……」

「ちょ、人を化け物、化け物って失礼じゃない!?　好きでこんな姿になったわけじゃないわよ!!」

「おまけに流暢《りゅうちょう》に喋《しゃべ》りやがる。こんな化け――ブッキーな生物なんて今まで見たことがねぇぞ」

「言い直した!?　誰が不気味よぉ!!」

「姐《あね》さん、どう見ても俺らの姿は不気味ですぜ？」

「その配慮が逆に心に突き刺さるぅ～～っ！」

「痛ぇ、心が痛ぇ!!」

体に無数にある口からそれぞれ別の言葉を紡ぎ出す。

何しろ見た目がムカデで、頭部に当たるところから女性の体が生えている。しかも巨体。

甲殻ではなく人の肌のような体だが、その各所に眼球や口が無数についているのだ。ついでに、これまた無数に生えた脚は人間の手足。

　これが不気味でなくて何だというのだろうか。

　正真正銘、まごうことなき立派な化け物である。

「まぁ、お前らが何であるかなんざ、さほど意味はねぇ。俺はお前らをぶった斬ればかまわん」

「女を斬ることに躊躇《ためら》いはないわけ!?」

「あると思うのか？　お前ら、ここに来るまで何人食った。人でいたいなら、さっさとくたばればいいだろ」

「人を殺そうとする連中を殺して何が悪いのよぉ！」

「逆に、人を食い殺す化け──ブッキー生物を殺して何が悪いんだ？」

「私はいいのよ！　私はいずれ途方もない財を貯《た》めこんで、いい男にちやほやされながら余生を過ごすって決めてるんだから！」

「……その姿でか？」

「うっ……」

　返す言葉のない辛辣《しんらつ》な一言が突き刺さる。

　確かに今の姿では男が近づいてくることなどありえなく、財を貯めこんだとしても傭兵達を引き寄せるだけの材料にしかならない。それ以前に人間ですらないので意味がない。

　欲望を口にするだけで、実際のところは叶《かな》うはずもない夢でしかなかった。

「さぁ〜て、御託《ごたく》の時間は終わりだ。再開しようや」

「チッ……面倒ね。こうなったら……」

化け物の脚が一瞬肥大化すると、ブチブチと嫌な音を立てて本体から切り離された。

その脚――肉塊は不気味に蠢《うごめ》きながら姿を変え、歪《いびつ》な人型へと変貌していく。

「おいおい……。こいつは体の肉を切り捨てて分身を作れんのか？」

「うふふふ、まだまだ増えるわよ？　なにせ手駒の材料はたくさんあるんだから」

「まさか、食った人間のことか!?」

「当たり。あなたのお仲間達もいるから、いっぱい遊んでもらいなさい。その間に逃げさせてもらうけど」

次々と増える肉塊から生まれた化け物の分身。

中には人間の下半身が二つ繋《つな》がった個体や、上半身が二つに分かれた個体も存在し、それぞれが骨で作られた武器を手にゆっくりゲンマに迫ってくる。

一方、本体は分身を作ったせいか二回りほど縮んだように見えた。

「……お前、実は苦肉の策なんじゃねぇのか？　前よりも縮んでるぞ」

「でも、その分だけ体が軽くなったわ。邪魔者も切り捨てることができたし、さっさとこの場を退散させてもらうわね」

「待ちやが……うぉ!?」

胴体から八本の腕を生やした分身体が、骨でできた槍《やり》でゲンマを串刺しにしようと突進してきた。

頬《ほお》を少し切り裂かれたが咄嗟《とっさ》に躱《かわ》し、カウンターで横薙《よこな》ぎを一閃《いっせん》。

他の肉塊も動き出し、一斉にゲンマへと迫る。

「厄介な……。だが、面白くなってきたなぁ！」

数は多いがそれほど強くはないようだった。

手にした刀、【雪風】で斬り散らかしていく。

「無駄だぁ、こんな雑魚で俺を止められるものか！」

「それはどうかしら？」

「なにっ!?」

不意に背後から感じた気配。

ゲンマが咄嗟にその場から飛び退《の》くと、斬られて下半身のみになった化け物が新たに腕を生やして強襲しようとしていた。

というか、斬り倒した全ての化け物が同じように腕や足、あるいは頭部や口や目などを生やし、ゲンマに喰《く》らいつこうと襲いかかってくる。

「な、なんだ……こいつは。いや、前にも似たような奴とやり合ったことがあった。まさか、あの薬の犠牲者なのか!?」

「確かにこいつらは弱いけど、この地下下水路で大量に増えたらどうなるかしらね？　もう遅いけど」

「オイオイ……。そんなことをすれば、てめぇも縮んでいく一方だぞ？」

「別にかまわないわ。小さくなるほど逃げやすいもの。それに、こんなこともできるのよ？」

ムカデの化け物のような姿が一瞬で肉塊にまで縮むと、まるでロープのように細くなり、子供が入れるかどうかギリギリの排水口に向かって滑り込んでいく。

まるで蛇のような動きだった。

咄嗟に雪風で斬りつけるも、切り離された部位は再び結合して逃げ果《おお》せる。

質量はあるが形態は自由自在のようで、最後に『私を殺せるものなら、殺してごらんなさい』などと言い残し、いずこへともなく逃走した。

残されたのは肉塊の雑魚達。

「マジか……あんな真似ができるとはな。こりゃ、依頼は失敗か？」

飛びついてくる肉塊を斬り裂きながら、ゲンマは依頼が失敗したことを悟った。

だが、雑魚とはいえ厄介な化け物はまだこの場に存在している。

このまま放置しておくわけにもいかず、必死に数を減らそうと刀を振るった。

だが、斬ったところで死ぬわけではなく、別の個体となって再生、あるいは融合して攻撃をやめることはない。

このままでは長期戦を余儀なくされ、本体を取り逃がしてしまう。

「こいつら、どうやったら死ぬんだ？　前に化け物になった盗賊達のように、体内の栄養分が切れるまで再生を続けるのか？　面倒な置き土産を残しやがって……」

ゲンマが言っているのは、ソリステア魔法王国や周辺諸国で禁忌と認定された魔法薬のことだ。

使用者を化け物へと変貌させてしまうだけでなく、やがて一つの個体へと集結し、巨大な魔物へと変貌を遂げる。

跡形もなく焼き尽くさない限り際限なく捕食活動を続け、その脅威はドラゴンに出会った時と同等の危険度だ。国一つ簡単に滅ぼしかねない。

「本当ならここで逃げるべきなんだが……」

ゲンマも撤退するだけなら簡単にできる。

だが、この肉塊の化け物を放置できない理由が今できてしまった。

「……コ、コロシ……テ、ク……レ……」

「ママ……ドコ……？　ミエナイヨ……クライ、ヨ……」

「シナセテ……ハ、ヤク……」

「チッ……なんとも後味の悪いことだぜ。しっかし、どうやって成仏させりゃいいんだ。この肉塊は斬ってもすぐに再生しちまう」

ゲンマとしては逃げた化け物を追いたいところだが、この哀れな被害者を放置していくことなどできない。できることなら楽にしてやりたいとすら思う。

性質は似ているが、なぜか彼は以前に戦った化け物と同じ存在とは思えなかったのだ。

「一気に焼き払えればいいんだが、俺は魔法が苦手だしなぁ〜」

エルフなのに魔法が苦手なゲンマは、攻撃魔法すらまともに使えなかった。

高い魔力も剣戟《けんげき》に乗せる武技に特化しており、基本的に斬ることしかできないのだ。

群がる歪な人型は、自身の意思とは別の意思によって操られ攻撃を続けており、その攻撃を避《よ》けながら必死に考えた。

「おい、コズエ。ちょっと手伝って……コズエ？」

ここは魔法が得意なコズエの手を借りようと思い至るゲンマ。

だが、肝心な妻の姿が見当たらない。

ちなみにコズエが職業を忍者と名乗るようになってから二十年以上経《た》つが、その間に彼女が魔法を使っているところをゲンマは一度も見たことがなかったりする。

「おいっ、どこへ行ったんだ⁉　コズエ、コズエ！」

「あなた、奥にお宝がこんなにありましたよ！」

すっげぇ目をキラッキラさせながら、こちらに戻ってきたコズエさん。

その手には数冊の薄い本が……。

「んあっ⁉　おま、なんでそんなもんを……。いや、それより衆道本がなぜこんなところに捨ててあんだ⁉　つか、バッチイから捨ててこい！」

「そ、そんな……これほどのお宝を捨ててこいだなんて……。あなたは鬼ですか！」

「こんな汚ねぇ場所に捨ててあるんだぞ！　病気にでもなったらどうすんだぁ！」

「確かにジットリしてますが、頑張れば読めないことはありません」

「別の意味で病気か……。誰だ、こんな本を流行《はや》らせた馬鹿は……うぉ⁉」

肉塊からの触手攻撃。

戦闘の最中によそ見が危険なのは分かっているのだが、それでも奥様の行動にツッコまずにはいられない。

元の場所に捨てにいくコズエだったが、未練がましくもゲンマの方をチラチラと見てくる。

しかし男としても夫としてもＢＬ本は看過できない。できることならこの世界から全て処分したいとすら思っている。

「アンタ……クロウシテンダナ……」

「オクサン、ビョウキ……ダナ……ビジン、ナノ、ニ…………」

「タシカニ、アノホンハ……キョウイクニ、ヨロシク…ナ、イ」

一部の被害者から同情された。

「アレ、ハ……イイモノヨ？」

「ユリハヨクテ、バラガダメナノハ……オカシイ、ワ！　ナットク、デキナイ……」

「オトコハイツモソウ……。ダンソンジョヒ……ハンタイ」

「アイハ……ビョウドウ。ソレニ……ウホ、イイオトコ♡」

そして、一部から批判された。

一人、微妙な人物もいるようだが……。

「お前ら、そんな姿になっても余裕あんのな……。死ななくても別にいいんじゃないか？」

「「「「ソレハコマル！」」」」

早く楽になりたいのは確かなようだ。

しかし、彼等を救済できるコズエは意気消沈で奥へと消えたままだ。その間にも攻撃は続けられており、これも体（？）の自由が利かないからだろうとゲンマは察する。

避けるのは楽なのだが、さすがに何度も続けられると苛立《いらだ》ってくる。

そんな状態が一分ほど続いた頃、奥からコズエがトボトボと戻ってきた。

後ろ髪を引かれているのか、あるいは断腸の思いなのかは知らないが、足を止めては後ろを何度もチラ見している姿がなんとも未練がましい。

「お待たせ、しました……」

「おう、確かに待ったぞ。早速だがこいつらを楽にしてやってくれ、俺じゃ魔法が使えねぇからよ」

「分かりました。この悲しみを怒りに変えて、跡形もなく、塵《ちり》も残さずに焼き尽くして差し上げますわ」

「「「「リフジン!?」」」」

哀れな被害者達は腐女奥様の腹いせに滅ぼされるようだ。

ゲンマもさすがに気の毒に思う。

「【糸躁封縛《しそうふうばく》】」

周囲に飛ばし張り巡らされた糸が肉塊の人型を縛りつけ、その動きを一時的に封じた。

魔力で強化されているので、糸の強度は鋼並みに増している。

しかし、肉塊は自らを斬り落としながら封縛から逃れようと蠢いていた。

「【ヘルフレイム】、【フレア・バースト】」

地下下水路に紅蓮《ぐれん》の炎が吹き荒れた。

肉塊は一瞬で消し炭にされ、爆風が下水路の狭い空間を伝って加速し、全てを跡形もなく吹き飛ばす。

「うおぉおおぉぉぉぉぉぉぉっ!?」

爆風から逃げるように全力で走り、効果範囲から必死で距離を取るゲンマとコズエ。

どこを走ってきたのか覚えていないが、ちょうど出口が見えたところで互いに頷《うなず》くと、外に出た瞬間を見計らい左右へと飛んだ。

間一髪で爆炎が横を通り過ぎ、熱波が二人の肌を焼く。

「……ハァハァ、危ねぇ、ところだった」

「あぁ……これであのお宝も灰に……。後で拾おうと思っていましたのに……」

「最後までそれかぁ!?」

最近、妻がどこか遠くへと行ってしまった気がするゲンマ。

何にしても二人は、地下下水路に棲《す》む魔物の討伐に失敗したのであった。

◇　◇　◇　◇　◇　◇　◇

地下下水路に棲まう魔物討伐の依頼を受けた他の傭兵達は、謎のムカデ女と遭遇していた。

数十名の傭兵パーティーの半数以上が返り討ちとなり、多くが殺され、食われ、化け物の一部となる。

「く、来るな……来るなぁ!!」

ムカデの胴体から無数に生えた腕に捕らえられた傭兵は、四肢を引き千切られ、至るところに開いた無数の口の中へと消えていく。

体中にある眼球が獲物を捕捉し、一人、また一人と捕らえ食い尽くしていく。

「ば、化けも……あぎゃ!」

頭部に生えた女性体の腹部にあるひときわ大きな口が、絡みついた傭兵を頭部から丸齧《まるかじ》りにし、残りの体をそれぞれの口が貪《むさぼ》るように食い散らかす。

「て、撤退だぁ!　今すぐこの場から撤退しろぉ!!」

「冗談じゃねぇ、こんな化け物相手してられっかぁ!!」

「逃げろぉ!!」

地下下水路には血の臭いが充満していた。

散乱した傭兵であったものの肉片に、鼠《ねずみ》がおこぼれに与《あずか》らんとばかりに群れで殺到する。

「ハァ〜、嫌ねぇ〜、女を集団で追いかけ回すなんて」

「姐さん、今の姿のどこが女なんスか？」

「充分に化け物だろ」

「こんな姿になっても腹が減るんだな……」

「お黙り！」

倒した傭兵を取り込むことで、先ほどの戦闘で消費した肉体の補塡《ほてん》を行う。

こうして討伐隊が編成されたとなると、この地下下水路に潜伏できる時間も限られてくる。

ほとんどの傭兵はたいしたことはないのだが、その中に手練《てだ》れが紛れ込んでいることが問題だった。

化け物――シャランラ達はいわばレギオンで、生命力が異常に優れているだけで決して強いわけではない。

取り込んだ者達から多くのスキルも獲得しているが、全て使いこなせているわけではなく、はっきり言って器用貧乏以下である。

例えばシャランラは影に潜む【シャドウ・ダイブ】が使えるが、今は他の取り込んだ者達のスキルが邪魔をして使用できない。

まるで取り込んだ者達がシャランラの足を引っ張っているかのようだ。

彼女が使えるのは化け物化して新たに手に入れた【分裂】や、自身の姿を変化させる【変態】。【強酸】などだけである。

勇者達の便利そうな能力も、一部を除いて全く発動しなかった。

今の異様な姿では人目に触れず逃げ切るなど不可能に近い。

現に賞金稼ぎや傭兵によって討伐隊が編成され、シャランラを滅ぼそうと襲いかかってきている。

彼女は自分のために他人を犠牲にするのは気にしないが、他人のために自分が犠牲になることは我慢ならなかった。

「この下水路から逃げたほうがいいわね。討伐隊の相手なんて面倒くさいし、いちいち相手してらんないわ」

「ここを出てどこへ向かうんだよ」

「俺達ぁ人間じゃやねぇんだぞ？　街に潜むなんてできやしねぇぞ」

「こうなれば自棄《やけ》よ。街や村を片っ端から襲って、力を溜《た》め込むのよ！　こんなふざけた世界に復《ふく》讐《しゅう》したいと思わないの？」

「「「確かに……」」」

所詮《しょせん》は野盗やゴロツキなど腐った魂の集合体だ。

彼等の共通点は誰よりも身勝手で暴力的。社会不適合者なので世の中には溶け込めず、周囲から煙たがられた者達だ。

その思考は『自分は間違っていない。受け入れないこの世界が悪いんだ』という、かなり身勝手な反社会的感性の持ち主ばかりなのである。

簡潔に言ってしまえば『貧乏なのは社会が悪い』、『俺が馬鹿なのは教師や親が悪い』、『受け入れられないのは周囲の人間が悪い』など、自分の素行不良を他人のせいにして生きてきた腐った意識の集合体。

自分の甘ったれた感性を押しつけるような人間が、周囲から信用されるはずはないのに、そこに気付かず人に責任を押しつける自己中だ。

だが、魂だけとはいえ、そんな思考の持ち主の魂が集団となり――統合されるとどうなるか。

答えは『極端な行動に出る』である。

「弱い奴をぶん殴ってただけで村を追い出された。アレさえなければ路頭に迷わなかった……」

「俺を振ったあの女、殺してやりてぇ……」

「弟の方が優秀だと、家督を譲らず俺を捨てた糞親父《くそおやじ》……。あの財産は全て俺のものなのに！」

「たかが売上金を拝借した程度でクビにした店主……許せねぇ！」

「そうよ！　もう化け物なんだから、今まで恨んでいた奴等に復讐してやるのよぉ！　なんで私達が不幸にならなくちゃならないのよ、理不尽じゃない！」

自業自得なのに逆恨み。

だが、彼等の怨念《おんねん》は自己正当化によって負の力が増幅され、そこに他の被害者達の怨念を同調させ、更に強化されていく。

困ったことに、世間一般にただの逆恨みだとしても、彼等にとっては正当なものだと信じて疑わないのだから救いようがない。

肥大した自己中心的な顕示欲が、自分達以外は全て否定すべきと認識を書き換えていく。

――オォオオオオオオオオオオオオォォォォォォォォォオッ!!

歪《ゆが》んだ醜悪な化け物が行動を開始した。

地下下水路をさまよい、出口が分からず強引にマンホールをぶち破ると、街中へと這《は》い出た。

「な、なんだアレは!?」

「ば、化け物ぉ!!」

「逃げろぉ!!」

街はパニック状態になる。

そして、逃げ惑う群衆に襲いかかり、無差別に捕食を開始する。

阿鼻叫喚《あびきょうかん》の地獄絵図であった。

◇　◇　◇　◇　◇　◇

【ジャバウォック】は自由な空を満喫していた。

禍々《まがまが》しい姿なのに優雅に空の旅を楽しみ、思い出したかのように四神教の神殿や教会を襲撃し、気が済んだら撤退を繰り返す。

毎度後手に回る聖騎士達の無駄な努力を眺めては、小馬鹿にするかのように姿を現し、必死に攻撃を加えようとする様を嘲笑《あざわら》う。

性格が悪いと言われればそれまでだが、彼等は勝手な都合で勇者として召喚され、用済みとなって闇に葬られた被害者だ。この程度のことなどご愛嬌《あいきょう》であろう。

『次はどこを襲撃する？』

『大きい神殿がいいわよね？　歴史的な建造物が瓦礫《がれき》に変わる瞬間は最高よ』

『神官共は、さぞ慌てふためいていることだろうな』

『法皇は俺に殺させろ！　あの糞爺《じじい》、楽には死なせねぇ！』

『岩田《いわた》君……殺されてたんだ。でも、こんな姿は一条《いちじょう》さんに見せられないなぁ～』

ジャバウォックは徐々にパワーアップしてきていた。

怨念が受肉し、アルフィア・メーガスの力によって強化され、今や最強の魔物と化している。

無論、どこかの大賢者やケモナーがコンビで襲撃してきたら敗北は必至だが、あの連中が敵に回ることはないだろう。

むしろ『もっとやれ』と応援するに決まっている。

まぁ、彼等とはまだ接触していないジャバウォックは、今日も元気に教会を二つほど巨体で押し潰《つぶ》すという一仕事をやり遂げ、騒ぐ聖騎士達を尻目に別の街へと移動していた。

夜間飛行で彼等の姿は目立たないが、逆に街の明かりはとても目立つ。

もう一仕事していこうかと意見を出し合っていた時、上空から見えた街の異変に気が付いた。

『あれは、火事かしら？』

『いや、なんかおかしくね？』

『戦争か？　革命か？　それとも反乱？　一揆か？』

『どれも似たようなもんじゃない。ほんと、何かしらね？』

『ちょっと寄ってく？』

『『『『いいね！』』』』

満場一致の可決で元勇者達の意見が決まった。

高高度からゆっくりと降下すると、街の外壁に沿うように旋回する。

そこで彼等が見たものは――。

『なんじゃ、ありゃ？』

『化け物……』

『いや、俺達も充分に化け物だからな？』

『キモいな……』

『うぅ……吐きそう』

『生理的に受けつけん。なんだよ、あの世界の終焉《しゅうえん》に現れそうな不気味生物は……』

それは、一言で言えばムカデに似ていた。

だが、その姿はどこまでも醜悪で、生理的嫌悪感を誘う。

ジャバウォックも似たような存在ではあるが、どちらかといえば彼等の方がまともな姿と言えるだろう。少なくとも生物の形態をとっているのだから……。

『どうするよ？』

『あぁ～放置でもいいと思うんだが……』

『なんか、見ているだけでもキモいのよね。始末しちゃわない？』

『今後、俺達の邪魔になる可能性もあるな』

『街の人には恨みはないし、助けたほうがいいよ』

『はっ、笹本《ささもと》は甘《あめ》ぇな。だが、相手をするのは賛成だ。いい暇潰《ひまつぶ》しになる』

『笹本って誰のことだ？』

『数が多いから誰だか分からないよ。その名字なら俺は少なくとも五人は知ってるし……』

旋回しながらも街の様子を確認するジャバウォック――いや、元勇者達。

その化け物は不気味で、異様で、おぞましい姿だった。

街の住民を捕らえたら食い殺し、徐々に成長してきているように見える。

何より自分達に近い存在というのが生理的な嫌悪感を抱かせた。

彼等は決断する。

『『『『この嫌な感情を消してやる！』』』』

ジャバウォックは少し距離を取ると、二対の翼を羽ばたかせて加速し、ムカデの化け物めがけて突進した。

魔龍ＶＳ醜悪な化け物の戦いが、今始まる。

◇　◇　◇　◇　◇　◇

街の門番を二十年務める衛兵の男は、その日も勤務についていた。

いつもと変わらない日常。

この日は地下下水路に棲み着く魔物を討伐すべく、朝から傭兵ギルド所属の傭兵達が地下へと潜り、多少の騒ぎがあったものの平穏が続いていた。

そう思っていたのだが、その日常は突如として破られることになる。

昼過ぎ頃、突然地下から魔物が溢れ出すと同時に、次々と街の住民に襲い掛かる。衛兵が討伐に当たるも魔物の数が多く防戦一方に追い込まれ、騎士団までもが出動する事態に発展。その間にも犠牲者は増え続け、夕暮れ時には、この世の終わりのような光景が広がっていた。

悲鳴があがり、血の臭いが街に充満し、門の前には多くの住民が殺到する。

最悪なのは、この街の門は敵の侵攻を防ぐために狭く、しかも東と西の二ヶ所しか存在しない。押し寄せた住民が詰まり逃げ出すことができない状況に陥っていた。

更に問題なのは、化け物から分離した肉片が人型の化け物となって民衆に襲いかかり、被害者もまた化け物となって他の人々に襲いかかることだ。

増えた人型はムカデのような姿をした本体に融合し、その姿はみるみるうちに肥大していった。

そう、地下下水路から現れた化け物は、街の住民を食っていたのだ。

「……悪夢だ」

知り合いが、住民が、傭兵が、同僚が、皆食われていく。

まさにこの世の地獄である。

幸いにも衛兵の男の家族は逃げ出すことに成功したが、この化け物が追いかけてこないとも限らない。だからこそこの場に残り少しでも時間を稼ごうと試みた。

他の同僚も同じだったが、一人、また一人と食われ数を減らしていく。

「おっさん、お互いに運が悪かったな」

「これも仕事さ。それよりも西門は大丈夫だろうか？」

「東方風の男女の傭兵が善戦していたのを見かけたが、今はどうだか分からねぇ。どちらにしても俺達はここまでの運命だがな」

「妻と娘を逃がせただけが救いか……。せめて孫の顔だけでも見たかったのだがな」

気が付くと、あたりはすっかり夜になっていた。

まだ若い傭兵の男と苦笑いを交わすと、手にした剣に力を込める。

もはや後戻りなどできない。

周りは街の住民であった人型肉塊に囲まれ、門は完全に閉じられており退路は塞《ふさ》がれている。

男にできることは一匹でも多くの化け物達を道連れにすることだけであった。

同僚の衛兵は三人しか残っておらず、傭兵達も五人程度。そして近づいてくる巨大化したムカデの化け物。もはやこれまでと覚悟を決める。

「せめて一太刀でも叩《たた》き込んでやりたいな、あの化け物に……」

「同感だ。あのムカつく化け物に、目にもの見せてやる！」

「「「「「おぉう!!」」」」」

生き残った衛兵と傭兵達は、最後の悪足掻《わるあが》きを始めようとしていた。

まさにその時だった。


――グオォオオオオオオオオオオオオオオォォォォォォッ!!

天から響き渡る咆哮《ほうこう》。

そして、凄《すさ》まじい速度でムカデの化け物に体当たりを喰らわす漆黒の巨影。

「あ、あれは……」

「ドラゴン!?」

「な、なぜ……こんな時に」

最近メーティス聖法神国を騒がせている漆黒のドラゴン。

襲うのは四神教の神殿や教会ばかり。人的被害も、せいぜいいけ好かない司祭や枢機卿あたりが巻き込まれて犠牲になる程度で、一般市民の被害はゼロに等しい。

そのドラゴンがムカデの化け物に襲いかかったのだ。

群れ成す不気味な人型を長い尾で薙ぎ払い、再び轟《とどろ》いた咆哮が衝撃波となって吹き飛ばす。

まるで、彼等を守るかのように、ドラゴンはムカデの化け物の前へと立ち塞がった。

「ま、まさか……」

「これは夢か？　助けて、くれたの……か？」

「馬鹿な、ドラゴンだぞ!?　獣にそんな知性があるとは思えんが……」

何が起こったのか衛兵や傭兵の男には分からない。

しかし、ここに奇跡が起きたことだけは確かであった。

第六話　魔龍と巨大ムカデ女

対峙《たいじ》する魔龍とグロテスクな化け物。

片や勇者の魂の集合体、片や犯罪者とその被害者の魂の集合体。

復讐《ふくしゅう》という一つの目的に協力し合う存在と、ドス黒い欲望と未練にすがる存在。

憎悪を持った悪霊という点では同じだが、両者は互いに対極に位置している。

『なんだ？　こいつら弱いんじゃね？』

『油断するな。さっきの体当たりの感じでは、奴に大したダメージはないぞ』

『なんか、凄《すご》くブヨブヨしていたわよね……』

『気持ち悪い感触だった』

各々が率直な感想を漏らす。

ムカデの化け物に体当たりをしたが、まるで骨が存在していないような感触に、ジャバウォックは警戒する。

注意深く観察しながらも生理的な嫌悪感は増大中。

なぜかは分からないが、目の前の存在を滅ぼさねばならないと本能が告げていた。

『ブレス、いくぞ！』

『先手必勝！』

『ふぁいや〜〜〜っ！』

先制攻撃の火炎ブレス。

龍の口から吐き出された炎の奔流が、ムカデの化け物へと迫った。

だが、化け物は瞬時に肉体を分散し、その炎から逃れる。

いや、避けただけでなく、周囲の人型肉塊が一斉にジャバウォックに飛びつくと、強酸の液体を分泌して溶かそうとしてきた。

周囲に酸特有の悪臭が漂う。

『ななぁ!? なんだよぉ、こいつら!?』

『まるでスライムみたいよね……。気持ち悪いけど』

『振り落とせ！』

鱗《うろこ》で覆われた体は酸ごときで溶けることはないが、生理的な嫌悪感から体表面の鱗を棘《とげ》状に変質させて、高々と飛び上がる。

空中で巨体を丸め高速回転し、へばりついている肉塊を強引に弾《はじ》き飛ばした。

落下ついでにムカデの肉を抉《えぐ》り取るが、飛ばされた肉塊は建物や路面に叩《たた》きつけられ、グチャグチャと醜悪に蠢《うごめ》くと再び集まりだし、またもムカデのような化け物の姿に形態を変えていく。

なまじ女性型の上半身がムカデの頭部に生えているだけに、おぞましさは倍増している。

『『『『き、気色悪ぅ～～～～～～っ!!』』』』

ムカデ女の化け物は体から無数に生えた手足をバネにし、その図体からは考えられない跳躍力でジャバウォックに飛びつく。

咄嗟《とっさ》にジャバウォックは尻尾でカウンターを叩き込み、接近戦に持ち込まれるのを防いだ。

吹き飛ばされたムカデ女は建物をいくつか倒壊させつつ転がっていく。

『ありゃ、無数にあるあの口で噛《か》みつこうとしたよな？』

『絡みつかれたら面倒だな……』

『キ○グスライムみたいな群体なのか？　さっき分離したよな？』

『つまり、肉片一つ残しても再生するってこと？』

『お約束だな』

数度の接触で軟体動物のような感触を確認し、少なくとも絡みつかれるのは面倒だと判断したジャバウォック。

形態を変えられるということは、体を布状にして覆い尽くすこともできるということだ。

ジャバウォックも形態変化はできるが、基本的に動物形態が基本となっているので、分離したりすることはできない。

能力的には上でも、体を細かくして排水溝などに逃げるような真似は不可能だった。

『めんどくせぇ～、一気に焼いちまおうぜ』

『取り憑《つ》かれても困るもんな』

『逃げられてもね』

『復讐に来られると面倒そうだ』

実際のところ、巨大ムカデ女は非常にトリッキーな存在だ。

ムカデのような姿はしているが、事実上は固有の姿形を持たない肉塊なのである。

分離自在、伸縮自在、変幻自在。

魔法を一回も使ってきていないので、強酸液以外に主だった攻撃方法を持っていなそうなところが弱点といえば弱点だが、その特異な体を使ってジャバウォックを拘束することは可能だろう。

『まずは動きを封じられないための形態をとるべきだろう』

『といいますと？』

『あっ、なんとなく分かったぜ。制御を俺っちに任せな』

ジャバウォックの体から無数の剣状突起物が生えだす。

これは全て鱗が変化したもので、並みの剣より硬度がある。それを全身から生やすことで自身に接触してくる敵を切り裂くことができるというわけだ。

『こういうことだろ？』

『『『『おぉ！』』』』

『さて、アチラさんはどうするのだろうね？』

あえて言うのであれば完全攻撃形態と表現すればよいだろうか。

全身から剣が生えたジャバウォックに対し、化け物がどのような行動に移るのか、様子見を決め込む元勇者達であった。

◇　◇　◇　◇　◇　◇

シャランラ達は街の住民を襲い取り込むことで力を付けようとしていたが、突如現れたドラゴンのせいで計画が頓挫していた。

【捕食した生物分の肉塊を分離し手駒として使う】、【形態を自在に変化させる】、【物理攻撃に有利な衝撃吸収耐性】、【強酸を分身や本体の体皮から出す】といった能力を駆使してやりあってみたものの、目の前の強敵に対して決め手となるようなものではなかった。

肉片を飛ばして包み込み、内部に取り込もうともしたが全て防がれ、今は完全に鋭い剣のような鱗で覆われた相手に攻撃する手段がない。

おまけに先ほどまで住民を取り込んでいたせいで、体はブクブクと肥大していた。

『な、なんでこんな化け物が出てくるのよ！』

『姐《あね》さん、ブーメランって言葉を知ってやすかい？』

『こらぁ、今度こそ死んだな……』

『人間やめたら、ただの化け物だった。俺、なんで生まれてきたんだろ……』

『後悔ばかりの人生だったな……』

などと意識下で会話する盗賊達の魂は、既に諦めきっていた。

そもそもドラゴンが最強種であることは常識で、ブヨブヨした巨大な肉塊が勝てるような相手ではない。

『冗談じゃないわ！　私は……私は人間に戻るのよぉ!!』

『『『『いや、無理だろ。諦めろよ』』』』

こんな時まで自分の都合のいい現実しか見ようとしないシャランラ。

そもそも人間に戻れる保証などどこにもない。

どこぞの大賢者も『無理！　絶対に無理!!』と言うだろう。

『コイツから逃げるにはどうしたら……』

考えている最中にもドラゴンは動いている。

ブレスを放ち、炎がシャランラ達に迫ってきた。

咄嗟に上半身を立ち上げ避《よ》けるが、今度のブレスは横薙《よこな》ぎに移行し、倒壊させた建物ごとムカデの胴体を焼き払った。

『ひぃいいいいいいいいいいいいいっ!?』

せっかく取り込んで蓄えた力がたった一回の攻撃で急速に失われ、同時に地上を席巻していた手駒である人型も一掃されてしまう。

それでもまだ分離した人型肉塊は多数残っていたので、命令して呼び寄せ、再び取り込むことで失った体を再構築する。

『あの炎は危険だわ。ここは死ぬ気で接近戦に持ち込んで……』

『姐さん、やべぇ！　こっちに来たぞ!!』

ドラゴンが突進してきた。

動きも意外に素早く、飛び上がった瞬間に腕も同時に振り下ろしてくる。

それをギリギリで躱《かわ》し、同時に龍の顎《あぎと》に女性体の手をあてがうと、即座に自身を構築する肉を移動させ、絡め取るようにして厄介な口を塞《ふさ》いだ。

そこからムカデの胴体を巻きつけ締め上げようとしたのだが、体中から生えた剣状の鱗に斬り裂かれ、一瞬でバラバラにされてしまう。

まさに攻防一体で隙《すき》がない。

『ちょ、こんなの……卑怯《ひきょう》じゃない!?』

『まぁ、基本的に俺達ゃ肉だから柔らかいよな……』

『だが、やろうと思えばギンギンに硬くなるんだぜ？　フフフ……』

『お前なぁ～、こんな時に下ネタかましてんじゃねぇよ』

決め手がないのに口ぶりは結構余裕がありそうだった。

再結合しては触手のようなものを作り出しペシペシと叩くも、たいして効果があるようには見えない。数を増やして集中的に狙うが、突き出た剣状鱗で切断されて飛び散るだけだった。

斬り落とされた触手は切り離された勢いで飛び、その重量で建物を倒壊させるも、不気味に蠢きながら本体のもとへと戻ってくる。

対人間には効果的だった攻撃も、ドラゴン相手では肩叩き程度の効果しかないようである。

『あの火炎放射が厄介よ！　おまけに硬いしトゲトゲ……狡《ずる》いわ！　卑怯だわ！』

『火炎放射って、ブレスですぜ？　姐さん……』

『あぁ……こんなことなら向こうへついていけばよかったなぁ～。アイツらは今頃ヒャッハーしてんだろうなぁ～』

『運が悪かったんだ……。諦めろ』

以前、二手に分かれた同類達のことを思い出す盗賊の魂達。だが、その分かれた連中もどっかのおっさん達によって蜂の巣にされ、今は完全にこの世から消滅していた。

そんな事実を知らない彼等は、分かれた仲間達を羨《うらや》ましがる。

『そんなことを言ってないで、何かいい手を考えなさいよねぇ！　なんで全部私が考えないといけないのよぉ！』

『そうは言うけどよぉ、姐さん……』

『俺達はお姐さんに引きずられているようなもんだぜ？　あんま自由に動けねぇしな』

『それより前を見ろよ……。なんか、やばくね？』

距離を取って必死に触手でペシペシしていたが、ドラゴンの方で動きがあった。

剣状の鱗全てが放電しだし、周囲にプラズマが飛び交っている。

『あっ……』

『なぁ～んか、嫌な予感が……』

『こりゃまずいな……』

『死ねるかも……。逝ける！』

『逃げるわよぉ!!』

危機を察してか、全力で逃げだすシャランラ達。

なりふり構わず建物を粉々に粉砕しながらも、必死にその場から退避しようとした直後、ドラゴンを中心に膨大なプラズマが放射された。

ご丁寧なことに、剣状鱗からもレーザーのようなものが全方位に放たれ、ついでとばかりに怪光線まで口から撃ち出される。

建物は一直線にぶち抜かれて炎上し、膨大なプラズマが周辺で蠢く肉塊を消し炭にし、口から放たれたブレスが横薙ぎ一閃《いっせん》で街を紅蓮《ぐれん》の炎に包み込んだ。

問題なのはこの大規模火災により、シャランラ達から分離した肉塊が焼かれてしまうことだ。

何しろ肉塊は文字通りただの肉で、炎熱を防ぐことなどまず不可能。あるのは尋常でない再生能力だけだが、焼かれてしまえばその回復も追いつかずに炭化してしまう。

『マズイわ……このままだと殺される』

『いや、もう死んでまんがな』

『ほんと、姐さんは生き方が汚ねぇよな……』

『なぁ、いっそのこと全部合体させればいいんじゃね？　巨体で圧《の》し掛かって、その隙に本体だけ逃げるんだよ。デカくなるだけで邪魔な肉だしよ』

『『『『それだぁ！』』』』

まだ街の中で生き残っている肉塊を必死に呼び集め、大きさだけではドラゴンを上回ってきた。

だが、この巨体はあくまでも目くらましで、本体を安全に逃がすためだけのものだ。

結果的に出現したのは、巨大なムカデ女の姿であった。

◇　◇　◇　◇　◇　◇

時間は少し前に戻る。

ゲンマとコズエは街の門の前で、衛兵や傭兵と共に群れ成す醜悪な人型の肉塊との戦闘を繰り広げていた。

この肉塊は斬っても死ぬことがなく、骨のような武器でカウンターを仕掛けてくる。

唯一の有利な点はコズエが魔法を使えることであり、一ヶ所に集中させては焼き払うという攻撃を繰り返していた。

だが、それでも犠牲者は出てしまう。

「た、助けてくれぇ!!　うぎゃぁあああああああっ!!」

「ちっくしょぉ、また食われたぞ!!」

「陣形を乱すなぁ、傭兵《ようへい》！　魔法攻撃はまだかぁ!!」

「無理を言うなよ。コズエにも魔力の限界ってもんがあるんだぜ？　一ヶ所に大量に集めて焼き払わねぇと、このままじゃじり貧だ」

「なんとかしろぉ!!」

ゲンマはこの国に来たことに少しばかり後悔していた。

衛兵……というより隊長クラスの騎士なのだが、とにかく偉そうな態度をとる。

魔法について何も知らないのか、何かにつけて乱発を強要してくるのだ。

この隊長が言うほど魔法というものは万能ではないというのに……。

「あのよぉ～、強力な魔法ほど魔力を大量に消費するんだぜ？　神官の神聖魔法とやらと同じだ。ここぞという時の切り札に使うのに乱発させてどうすんだ、よっと！　死にてぇのか？」

「だ、黙れぇ!!　そんなことを言って、貴様等だけで逃げるつもりだな！　いいからさっさと使え!!」

肉塊の単調な攻撃を避けながらも、ゲンマは『めんどくせぇことになったなぁ～』などと思っていた。この隊長はとにかく人の話を聞かない。

しかも民間人に武器を持たせ、迎撃に駆り立てるという徴兵をやらかしていた。

「あなた、どうしますか？」

「こいつの戯言《ざれごと》なんざ聞く必要はねぇな。今はできるだけ魔力を温存しておけ」

「そうしますわ。正直、あの人は生理的に受けつけませんから」

「き、貴様ぁ!!」

身勝手な命令など聞く気はなかった。

元より傭兵であり、別に前金を貰《もら》って雇われたわけでもない。

『そんなに魔法が使いたければ、自分でやれ』と言ってやりたいとすら思っている。

「セイッ!」

歪《いびつ》な人型を無残に細切れにすると、角材を持った民間人を襲っている別の個体を背後から両断し、できるだけ被害が出ないように努める。

だが、そんなゲンマに向かって『貴様っ、さっさと助けろ!』などと言ってくる騎士隊長。

彼は自分より小さい人型肉塊と取っ組み合っていた。

『なんか、こいつごと両断したらスッキリしそうな気がするな……』

さすがはカエデの父親というべきか、思考回路が似通っている。

「この! この! このぉ!!」

「どうやったら死ぬんだよ、この肉塊!」

「火で炙《あぶ》れ! それでなんとかなるはずだ!!」

とにかくこの人型肉塊は厄介だ。

細切れにしても小さな破片は蠢いており、再び一つに結合して元に戻る。

斬ろうが潰《つぶ》そうが死ぬことがなく、細かくなったものを徹底的に叩き潰してから火にかけることで、この化け物達はようやく動きを止めるのだ。

倒すのに手間がかかり過ぎる。兵達は苦戦を強いられる状態だ。

生き残るために街の住民も集団でボコっているが、一匹倒すのに時間がかかる。

効率が凄く悪いのだ。

中には近くの店から油を無断で持ち出し、火炙りにして倒す者達もいたが、それでも足りないくらいに動く肉の数が多い。

『……にしても、地下の奴に比べて動きが遅いな？　喋《しゃべ》らねぇし……。まぁ、それで助かっているようなもんだが』

この人型は地下下水路で戦った時のものよりも不思議と強くなかった。

動きが単調で緩慢、ゲンマから見れば楽に斬り捨てられる。実際傭兵達もなんとか倒していた。

損害も思っていたより少ない。

もっとも、数の暴力だけはどうしようもなかったが……。

「問題は簡単に死なねぇことなんだが……」

「早く助けろぉ！　貴様等、俺を誰だと思っているぅ!!　スプラツゥーン伯の血族だぞ！　その俺を見捨てておいてただで済むと思っているのか!!」

「……あの五月蝿《うるさ》いのがいなければなぁ」

「貴様等ぁ、覚えていろ!!　必ず極刑にしてやるぞぉ、これは脅しではないからなぁ!!」

『…………もう、殺《や》るか？』

今まで適当にあしらっていたが、さすがに不愉快になってきた。

『そろそろ斬っちまってもいいよな？　この非常時だし、手元が狂って一人ぐらい殺しちまってもかまわないよな？』などと本気で思い始めたゲンマ。

とにかく五月蠅い。

特に地位を利用して偉そうにほざく無能者をゲンマは嫌っていた。

無論、自分が聖人君子でないことは自覚しているが、剣を持ちながら何の覚悟もない雑魚の戯言など聞くに堪えない。

『無様に生きるくらいなら、戦って死ね』がゲンマの持論だった。

『ただなぁ～、あんな奴の血を【雪風】に吸わせたくはねぇんだよなぁ～』

愛刀の【雪風】は、ゲンマのお気に入りだ。

柄《つか》を握れば体の一部かと思わせるくらい手に馴染《なじ》み、振るえばどんな硬い甲殻を持つ魔物も斬り捨てられる。そのうえ刃毀《はこぼ》れしない。

素人が持てば危険な刀であり、その美しい輝きに魅入られる者も出るだろう。

とにかく切れ味が尋常ではない最高の相棒だ。

そんな名刀に雑魚の血を吸わせるなど、ゲンマには受け入れがたく拒絶感を抱いてしまう。それだけこの騎士隊長がクズだということだ。

今も喚《わめ》いているが、ゲンマは振り返る気すら起きない。

「誰か、あの馬鹿を殺ってくれねぇもんかな……」

「おい、アイツを捕らえ………」

「……んっ？」

突然に雑魚騎士隊長の声が途絶えた。

振り返ると、そこに先ほどまで喚いていた愚物の姿はなく、代わりに何かが衝突したような抉られた跡が残されている。

地面は赤々と溶岩のように高熱を放ち煮え滾《たぎ》っていた。

瞬間的に嫌な予感が過《よぎ》り、咄嗟にその場から飛び退《の》く。と同時に凄《すさ》まじい熱量を持った光が通り過ぎていく。

「な、なんだぁ!?」

「うぉわっ!?」

「ぎゃぁ!!」

至るところで悲鳴があがる。

辺りを見渡してみればなぜか建物が炎上しており、空を裂く光が四方八方に走り、街中を紅蓮の色に染めあげていく。

運悪く直撃を受けた者は無残な屍《しかばね》となって転がった。

閃光《せんこう》が走ると、人も物も関係なく一瞬で焼き尽くされ、哀れな消し炭と化した。

建物の炎上は光が通過した結果、余剰熱量によって副次的に火災が発生しただけに過ぎず、光が通り過ぎた後には東門の方角へ一直線に跡が残されていた。

何者かが尋常ではない威力の光を放ったと見るべきだろう。

『ま、魔法攻撃か？　だが、なんだ……この威力は』

ゲンマはこのような強力な攻撃を見たことがない。

いや、正確にはこの手の大規模な魔法攻撃は一度だけ見たことはあるが、それとはまた別の属性攻撃に思えた。

「お、おい……」

「化け物共が………」

魔法攻撃がやんだと思えば、今度は化け物達に動きがあった。

緩慢な動きしかできなかった歪な人型の肉塊が、周囲の同類と融合を始め、蛇のような形態で素早く一斉に移動を始めたのだ。

まるで一点に集まるかのように急速な動きで、この化け物の本体に何かが起きたとゲンマは直感で察する。一方で、何が起きているのか分からず呆然《ぼうぜん》とする民衆や衛兵達。

肉塊は東門の方角に移動をしていることは明白。

つまり、本体――ムカデ女は東門にいることになる。

そんなことを考えていたゲンマの目の前で、音を立てて次々と倒壊していく建物群。

崩れた瓦礫《がれき》のその先、燃え盛る炎の中に見えたものは――。

「おいおい……ありゃ、ドラゴンかぁ!?　冗談だろ」

遠方からでもはっきりと見える二つの巨大な影。

つまり、ムカデ女とドラゴンがガチで戦っていることを示していた。

冗談にも程がある。

「あらあら、まるでこの本のようですね」

「化け物同士が大激突か、洒落《しゃれ》にならら…………ちょっと待て！　コズエ……今、本とか言わなかっ

たか？」

正体不明の化け物の行動より、妻が発した別の言葉が気になったゲンマ。

彼女の豊かな胸元に抱えられた数冊の薄い本。

タイトルは見えないが、オビに【獣二匹、ベッドという名のジャングルで漢《おとこ》を懸け大暴れ】と書かれていた。しかもシリーズものらしい。

ゲンマは知らなかった。

メーティス聖法神国がその手の書籍の性地――もとい聖地であることを。

「おま、こんなクソ忙しい時に、一体どこで何をしてたんだぁ!?」

「偶然拾っただけですよ？　あちらの崩れかけた書店からですが」

「あぁ……あのなぁ～」

ドラゴンと化け物の大決闘より、こんな時でも趣味を忘れない奥さんの病気のほうが深刻だった。

燃え盛る炎と立ち上る黒煙を見上げながら、ゲンマは『遠いところへ行っちまったんだなぁ～……』と現実から目を背けるかのように深く溜息《ためいき》を吐《つ》きつつ、ポツリと呟《つぶや》いた。

◇　◇　◇　◇　◇　◇

周辺を雷撃と無差別レーザー攻撃で薙ぎ払ったジャバウォック。

燃え盛る炎の中、ムカデ女が何かしていることを察知する。

ムカデ女の周りに同色の青白い肌をした無数の蛇が一斉に集まりだし、次々に融合していく。

不気味に蠢く肉塊が、徐々に大きさを増していった。

『……グロい』

『どうでもいいけどアイツ、さっき言葉を話していなかった？』

『やっぱ同類か？』

『なんか違う気がする。発生過程は同じかもしれないけどな……』

『どういうこと？』

『俺達と同じで怨念《おんねん》が結合した存在だけど、向こうは欲望の塊なんじゃないか？　俺達は少なくとも復讐という一点でまとまっているが神様に力を与えられているし、似ているだけで別物と考えていいだろう』

元勇者達の考えは正しかった。

怨念が元になって発生した存在なのは確かに同じだが、ジャバウォックは四神教に対しての恨みが原動力だ。対してムカデ女の方は生前の妄執や欲望といった未練である。

その本質の違いゆえにジャバウォックは四神教以外に他者を襲わず、ムカデ女は平然と他人を食い殺す。目の前の肉塊にあるのは、功名心、物欲、金銭欲、性欲、食欲といった欲望が歪《ゆが》んだもので、被害者達の意思を除いた全ての怨念をシャランラの魂が引き受けていると言ってもいい。

だからこそ醜悪な姿をしているのだろう。

『けどよぉ、奴等は罪のない住民も取り込んでるぜ？』

『なんとか助けられないかしら？』

『う〜ん………』

『あっ、あの肉塊を食えば俺達も同化させることができるんじゃね？』

『『『『食うのかぁ!?　アレを!?』』』』

今もなお融合して肥大化を続ける巨大な肉塊。

お世辞にも美味《うま》そうには見えない。

『ないわぁ〜……。アレを食うのだけは、マジでないわぁ〜』

『奴等を取り込んでどうする気だよ！』

『絶対に理解し合えないよね……』

『『『『つーか、食いたくねぇ!!』』』』

間違いなく腹を下すような、見た目にも悪臭が漂ってくるような腐肉である。

食いたくない。

食欲も湧かない……というか、そもそも食欲なんて存在しないのだが。

今さら他の悪霊を取り込む必要性すら感じないが、だからといって化け物に食われた被害者を放置するのは良心が痛む。

しかし試すには勇気がいる。

試しに融合しようと移動してきた肉塊を捕まえてみるが、うねうねと動いて顔を背けたくなるほど気持ち悪い。

だが、勇者の魂の中にはチャレンジャーがいた。

『グダグダ言ってねぇで、試してみようぜ。もしかしたら、俺達がパワーアップするかもしれねぇじゃねぇか』

『『『岩田《いわた》ぁ――――――っ、何する気だぁぁぁ!?』』』

勇者【岩田　定満《さだみつ》】は余計な真実を知ったばかりに殺され、死体を地下下水路に捨てられた挙げ句、自分の体が鼠《ねずみ》に食われる様を眺め続けた怨霊だった。

性格は基本的に粗暴で短絡的。褒めるところが全くないクズ勇者だが、意志の強さだけは一級品のようで、隙を突いたとはいえジャバウォックの制御権を難なく奪い取った。

そしてムカデ女の身体に食らいつく。

『ひぃいいいっ、酸っぱいぃぃいいぃっ!!　苦いぃぃいいぃいいぃぃいぃっ！』

『エグ味がぁあああぁぁあっ、名状しがたく形容もしがたいエグ味がぁあああぁぁあっ!!』

『……ブヨブヨする。気持ち悪い歯ごたえが……』

『や、やめろ……。やるならせめて味覚を遮断してくれ……変な汁が……』

『オェエエエエエェッ、マジ、やめて……』

一部の魂を除き、ムカデ女の肉の味を全員が共有していた。

傍目《はため》には化け物に猛然と迫り、その肉に食らいつく獰猛《どうもう》なドラゴンに見えているが、実際は涙目状態。

岩田を含む調子に乗っていた元嫌われ勇者達は、基本的に他の勇者達の魂との同調が不安定で、感覚の共有ができていないのが不幸の始まりだった。

まともな感性を持っていた勇者達は一時的にジャバウォックの肉体制御権を奪われ、無理やりムカデ女を食らわされる羽目になる。

『『『『オラオラオラァ、全部食えぇ!!　この後の予定も詰まってんだよぉ!!』』』』

『や、やめ……』

『おえぇ！』

『いがいがするぅ～……。喉の奥でいがいがぁ～！』

嚙み千切られたムカデ女の肉がジャバウォックの体内に入ると、理不尽に殺された者達の魂は解放され、彼等の怒りは全ての元凶であるムカデ女に向けられた。

その怒りは勇者達の魂と同調し、捕食を繰り返すたびに徐々に力が増大していく。

ムカデ女の中に元勇者の魂があったこともジャバウォックのパワーアップに拍車をかけ、首が一本、また一本と生えだし、最終的には五本首となった。翼も更に巨大化している。

まるでどこかの世界の映画に出てくる怪獣のような姿へと変貌していた。

さて、首が増えたことはなにもメリットばかりではない。何が言いたいかというと――。

『岩田ぁ～……てめぇとその他大勢。よくもやってくれたなぁ～？』

『覚悟はできてるわよねぇ～……お？』

『てめぇらも、この肉を味わってみろや……』

『言い出しっぺなんだから、喜んで全部食べるのよね？』

『俺らだけに食わせようとか、考えていないよな？　俺たちゃ運命共同体だぜぇ？』

『『『『は、話せば分かる……』』』』

『『『『ざけんじゃねぇ!!』』』』

今までは一つの身体を勇者達の魂が協力し合うことで動かしていたが、首が増えたことにより嫌われ勇者達の魂は五本ある首の一本に集められた。

つまり残り四本の首は善良勇者達ということになる。

ジャバウォックの身体は、魂がより多く同調している側が主導権を握る。

要は多数決だ。

首が増えたことで、岩田を含む嫌われ勇者達は主導権を善良勇者側に握られ——そしてお仕置きという名の復讐が始まった。

『いがいがぁ～‼　おえぇぇぇっ‼』

『酸っぱい汁と、ねっとりしたのど越しが……』

『俺が悪かったぁ——っ、許し……うぷっ⁉』

『NO————‼』

『あれ？　結構イケる……』

一人、剛の者がいた。


巨大怪獣同士による壮絶な食い合い。

傍《はた》から見れば過酷な生存競争に思えた戦い。

その真実は……残念系同士による非常にグダグダとしたコミカルなコントであった。

◇　◇　◇　◇　◇　◇　◇

一方でシャランラ達はというと……。

『ちょ、食べられてるわよぉ!?　大きくなったら美味《おい》しそうに見えてるんじゃないのぉ!?』

『これは意外……。見た目にも毒がありそうなのになぁ～』

『毒があるのは姐さんだけどな』

『誰がうまいことを言えと?』

『見た目、凄く不味《まず》そうなんだけどな……』

まさか食われるとは思っていなかった。

巨大化して近接戦に持ち込み、そのどさくさに紛れて本体だけ逃げるつもりだったのだが、逆にドラゴンのパワーアップに手を貸してしまった。

首が五本に増え、体が一回り大きくなり、翼も倍以上に成長している。

しかも想像以上に捕食速度が速く、シャランラ達は再生が追いつかずに巨大ムカデ女の形状すら維持できないまでに弱体化し、ただのブヨブヨとした肉塊になっていた。

『まぁ、これはチャンスだな』

『こいつが食いついているうちに、俺達だけでも逃げるぞ!』

『どうやって逃げる気よ!　分離したらさっきの一斉攻撃で焼き払われるだけじゃない!』

『姐さん、街の門をよく見てみろ。扉がさっきの光線で吹き飛んでるだろ?　本体だけを向こうに投げ飛ばせば、食われるのは残された肉だけって寸法さ』

ジャバウォックの攻撃で、街の門は既に機能していない。

扉は吹き飛び、周りの外壁も半ば崩壊しており、門そのものもいつ崩れ落ちるか分からないほどボロボロだった。

そして、重要なのは門の外に出ることができるという一点にある。

シャランラ達が地上へ出てきたとき、当然だが街は大規模なパニック状態になった。

街の門には我先にと避難民が押し寄せ、混雑した状態のところへシャランラ達――ムカデ女は襲い掛かったわけだ。

被害者が出る中で衛兵達が扉を閉め、シャランラ達を街の外に出ないよう閉じ込めたのである。

彼等にしてみれば命懸けの作戦だったに違いない。

しかも門の内側と外側を隔てる部分には、普段は天井付近から鎖で吊《つ》り下げられた鉄格子があり、逃げる者がいると鎖を切られ鉄格子を落とされていた。

だが、ジャバウォックの無差別攻撃――光撃によって粉砕され、今であれば楽に通ることができる。

『さっさと逃げるわよ！』

『『『『うぃ〜っす！』』』』

ムカデ女であった肉塊は、最後の悪足掻《わるあが》きとばかりに体から無数の触手を生やし、ドラゴンへと絡みつかせる。

これは注意を向かせるためのフェイント攻撃だ。

無数の触手全てがダミーで、本命の触手一本に本体を移している。

ドラゴンに食われながらもダミー触手で攻撃を続け、本体のある触手を振り回すと同時に先端部分を切り離す。

分離された本体は壊れた城壁を越え、バウンドしながらも街の外へと転がっていった。

第七話　おっさん、教え子とともにダンジョンへ行く

謎の人型肉塊とそれを生み出していた巨大ムカデ女。

それらを食らい尽くしたドラゴンは、しばらく破壊された街で動かずにいたが、やがて翼を広げ空へと去っていった。

ゲンマは遠方から、飛び去るドラゴンの姿を訝《いぶか》しげに眺めていた。

気のせいか、ドラゴンはふらつきながら飛んでいたように思える。

「……ドラゴンねぇ。アレは本当にドラゴンなのか？　なんであの化け物を食ってデカくなるんだぁ？　アレではまるで……」

最後に言おうとした『取り込んでいたみてぇじゃねぇか』という言葉を呑《の》み込む。

ゲンマにはどうしてもドラゴンと巨大ムカデ女が同質の存在にしか思えず、敵対していたことから根幹が異なると推測するも、その違いが何なのか理解できずにいた。

やがて、『考えたところで俺の頭じゃ分かるわけねぇか』という結論に至る。思考の放棄とも言うが。

「あのムカデの怪《かい》は、いつか見た怪物に似ていますね。飢餓状態になると同類を取り込んで、やがて巨大化していくところがそっくりですわ」

「あぁ……似てやがるな。ドラゴンの方もだが……（まさかとは思うが、例のヤベェ薬の影響じゃねぇだろうな？）」

「そうなのですか？」

「ドラゴンがムカデ女を食っている最中、奴の体も変化していた。具体的には一回り以上巨大化して、首が増えたってところだが……どう考えても同種だろ」

「同じ存在だとしたら、どうして戦っていたのでしょう？」

「それは奴に聞いてみねぇと分からん。案外、同族嫌悪だったんじゃねぇのか？」

憶測《おくそく》であればいくらでも並べ立てられるが、魔物を研究するような専門の学者でないゼンマ達ではあくまで性質が似ていると分かる程度で、細かく分析するだけの知識を持ち合わせてはいない。

メーティス聖法神国には魔導士はおらず、情報を伝えたところで信じてもらえるとも思えない。それどころかエルフであると分かった時点で捕縛される可能性もある。

何しろ異種族に対しては迫害の対象として見ており、傭兵《ようへい》ギルドに登録した傭兵の身分でなければ、真っ先に奴隷に落とされる国だ。

メーティス聖法神国もさすがに国を跨《また》いだ中立組織に対しては手出しできないので、もし情報を提供するならば、隣国のソリステア魔法王国がよいだろう。

「コズエ、奴の姿を絵に描けるか？」

「遠目でしたから細部までは分かりませんけど、ある程度なら」

「記憶に残っているうちに、奴の姿を描いておけ。巨大ムカデ女の方もだ。この手の情報は傭兵ギルドでも高く買ってくれるからな」

「分かりましたわ。それでは……」

奥様は忍び装束の懐から筆筒を取り出すと筆を取り、蓋《ふた》に仕込まれた墨入れにつけ、慣れた手つきで紙にさらさらと絵を描きだした。

「前々から思っていたんだが、その道具を忍び装束のどこに隠し持ってんだぁ？」

「主婦の秘密ですよ、あなた」

奥様くノ一の七不思議。

とても道具が入りそうにない場所から、なぜか出てくる忍び道具。

長年連れ添っている妻だが、この手の道具をどのようにして隠し持っているのか、ゲンマにはいまだ分からなかった。

「おい、なんで衆道の水墨画なんか描いてやがる……。今、必要はないよな？」

「筆の試し描きと乙女の嗜《たしな》みですわよ、あなた」

「余計なものは描かんでいい！　そんな嗜みも要《い》らん。それに背中の風呂敷包み……。それ、中身は全部衆道本だろぉ！　元の場所に返してこい。火事場泥棒じゃねぇか!!」

「あなた……泥棒はバレなければ犯罪ではありませんよ？　それに、放棄されたものを貰《もら》うことのどこが泥棒なのですか？」

この騒ぎで門のそばに住む商人や一般の住人はすぐに逃げ出した。

当然だが、ドラゴンの無差別ビームで多くの家屋が炎上倒壊し、コズエが火事場泥棒した書店もまた同様の被害を受けていたのだろう。

理由はともかく、誰も見ていないのをいいことに火事場泥棒をするのは、さすがにゲンマも見過ごすことはできない。これを許せば同じことを繰り返しかねないからだ。

「読み厭《あ》きたら古書店で売ればいいのですから、そんなに目くじらを立てる必要はないと思います。旅費の足しにもなりますから」

「お前……まさかとは思うが、俺の知らないところで同じことをしてんじゃねぇだろうな？」

「家計のやりくりは大変なのよ？　あ・な・た」

穏やかに微笑《ほほえ》むコズエだが、その背後には尋常ならざる覇気を纏《まと》っていた。

賞金稼ぎや傭兵生活は常に金策との戦いであり、ゲンマの酒と博打《ばくち》好きも旅の懐事情をかなり圧迫している。

実のところ、奥様の腐な趣味も原因の一つなのだが……それを知らないゲンマからすると、金のことを突かれるのは痛いところだった。

「古本なぁ～。売ったところでたいした額にはならないと思うが、ねぇよりはマシか……」

「そうですよ。旅にお金は重要ですからね」

「それなら、本より宝石のほうがいいんじゃねぇか？」

「あなた……私に泥棒になれと言うのですか？」

「やってることは同じだからなぁ!?」

コズエの言っていることはおかしい。

やっていることは同じでも彼女の認識としては宝石を盗むことは犯罪で、８０１《やおい》本を盗むことは芸術作品の保護に相当する。

そんな彼女はゲンマの言葉に対し凄《すご》く心外そうな顔をしていた。

「ハァ～……どうでもいいが、俺達が休める宿はあんのかねぇ」

「すぐに見つかると思いますよ。宿の主はいないと思いますが」

「このままじゃ、泊まれても火事に巻き込まれそうな気もするがな……」

二人の目の前には今も風によって火災が拡大し続け、二次被害により街の家屋が崩壊していく光景が広がっていた。復興にはかなりの年数と予算が必要となるだろう。

このような惨状を見つめながら、ゲンマは『今日から野宿か……』と諦めの溜息《ためいき》を吐《つ》いた。


数日後、聖都マハ・ルタートにて街の再建案が話し合われたが、経済事情から復興の予算が下りることはなかった。

結局この城塞《じょうさい》都市は放棄され、歴史上で初めて化け物同士の戦闘により滅んだと記録に残り、後の世まで語られることとなる。

◇　◇　◇　◇　◇　◇

ソリステア公爵領別邸。

あるいはクレストン邸の一室――。

「ダンジョンへ行こう」

「「はあっ!?」」

唐突に飛び出したゼロスのダンジョンへ行こう発言。

魔力の増強と制御を兼ねた訓練として【ファイアーボール】を空中に浮遊させていたツヴェイトとセレスティーナは振り返り、護衛でありながらも暇を持て余していたエロムラも、おっさんの唐突な発言に釣られたかのように間抜けな声を返した。

「最近色々作っていて鉄が少なくなったし、採掘ついでに君達もダンジョンに挑戦してもいいかもしれないかな～と思ったんだけど、どうよ？」

「どうよって、いきなりすぎるだろ」

「同志……このおっさん、採掘のついでにって言ったぞ？　あと、俺は行きたくない……」

「でも、ダンジョンには興味がありますね。色々と準備が必要ですけど」

ツヴェイトとしては、ゼロスが危険極まりないダンジョンに遊び感覚で潜ろうとしていることにやや不安の入り混じった表情を浮かべ、セレスティーナは好奇心を刺激され少し乗り気だ。

おまけのエロムラ君はなぜか凄く青ざめた顔をしているが……。

「ちょうど近場にダンジョンがあるんだ。軽ぅ～く一狩り行ってみようや」

「だから、準備が必要だろ！　ダンジョンでは何が起こるか分からねぇんだぞ」

「兄様、先生に準備をする必要があると思いますか？　手ぶらでダンジョンに入って、数日後には凄い装備を揃《そろ》えて戻ってくる気がします」

「確かに……そこは否定できんな」

世界の魔境ともいうべきファーフラン大深緑地帯で生き延びるほど、高名な手練《てだ》れすらも圧倒する強さを持つゼロス。手ぶらでダンジョンに入っても、現地で魔導錬成などを駆使して強力な武器を作りかねない。

敵地に単身で乗り込み、高いサバイバル技術で生き残り、現地にあるものを利用して無双する特殊部隊の真似など簡単にできてしまう。

一国に数人は欲しい人材だ。

「……いずれ国の領地を担う立場の者としては、師匠のような人材はぜひ欲しいところだよなぁ～」

「はっはっは、僕は国に仕える気はさらさらないよ。自由が気楽で一番さ」

「別の意味で凄く贅沢《ぜいたく》な話だな……」

「ところでエロムラ君……。君、顔色が悪いけど、大丈夫なのかい？」

なぜか鬱《うつ》状態のエロムラを不思議そうに見るおっさん。

「ダンジョン……本気で行くのか？　あそこへ？　嫌だ、行きたくない。奴等が……奴等が待ち構えてる……」

『……前に単独でダンジョンに行ったとき、何かあったのか？』

ツヴェイトは何かを察したが、原因までは分からなかった。

唯一分かることは、その怯《おび》えようが尋常ではないということだけである。

「現在は三階層目までしか行くことができないらしいから、別に問題はないんじゃないかい？　魔物も雑魚だよ、雑魚」

「師匠にとってはそうだろうが数が揃うと厄介だぞ。公爵家に提出された資料によると、今も構造が変化している不安定な状態だって話じゃねぇか」

「いざとなったら天井をぶち抜くさ」

『『そんなことができるのは師匠（先生）だけだ（です）』』

おっさん、なかなかの危険思考。

しかし、実際にそれが可能なだけに始末が悪く、天井ぶち抜きによる脱出法は既に経験済みだ。

ダンジョンにとって脅威なのはこのおっさんなのかもしれない。

「どうせ暇なんだし、数日ダンジョンに潜ってもいいでしょ。いざという時のサバイバル技術は、時間がある時に磨いておくに越したことはない」

「それも一理ある……。じゃぁ、明日にでも行くか？」

「兄様は公務も手伝っていたのでは？」

「それがなぁ～、親父《おやじ》があらかた処理しちまうから、仕事のほとんどが職員に回されて俺が手伝うことなんてないんだ。親父が俺に公爵家を継がせる気があるのか疑問に思える」

「御父様……」

貴族家の後継者はイストール魔法学院が休暇期間に入ると、それぞれの領地で統治を学ぶのが一般的だ。しかしツヴェイトの場合はそれが難しい。

その理由は、実の父親が有能すぎて、ツヴェイトの学ぶ機会を全て奪ってしまうというところにある。

これがクレストンであれば多少は仕事も残してくれるだろうが、デルサシスの場合はスケジュールを全て処理するまで手を抜かず、それどころか自分の自由時間を得るために容赦なく他人の仕事すら処理してしまうのだ。

『他人に任せるより自分がやったほうが早い』ということなのだが、これでは若い人材が育たないとクレストンが嘆いている。

彼の行動は別の意味で周囲を泣かせていた。

「俺、親父を超えられるのか不安になってきた……」

「いや、無理でしょ。ツヴェイト君がデルサシス公爵みたいになる必要もないと思うよ。無茶をすれば三日で体を壊すさ。あの御仁《ごじん》はある意味、僕並みに非常識だからさ」

「すげぇ説得力だ……」

「納得されても少し複雑なんだが……」

「御父様はいったい、いつお休みになられているのでしょう？」

デルサシス公爵の私生活は謎ばかりである。

「話を戻すけど、ダンジョン探索は明日からにするよ。大丈夫、僕は日帰りできたから気軽に行こう。クレストンさんからも、二人に色々と経験させてほしいと頼まれているからね」

「「御爺様《じい》……」」

こうして、アーハンの村の廃坑ダンジョンへ向かうことは決まった。

だが、それを聞いたエロムラの顔面は蒼白《そうはく》となっていた。

「い、嫌だよぉおおぉぉぉぉぉぉぉぉぉっ!!」

『『こいつ、ダンジョンに何かトラウマでもあんのか？』』

ソリステア公爵家別邸内に、エロムラの叫び声が響き渡った。

だが、ツヴェイトの護衛でもあるエロムラ君に拒否権はない。

それが彼のお仕事なのだから……。

◇　◇　◇　◇　◇　◇　◇

翌日、嫌がるエロムラを引きずって、辿《たど》り着いたはアーハンの村の廃坑ダンジョン。

なぜか異常に怯えているエロムラを無視し、真新しい傭兵ギルドで手続きを済ませ、さっそく坑道内へと入っていった。

「ここがダンジョンですか。見た限りだと普通の坑道ですよね？」

「ところがねぇ、このダンジョンには出入り口が複数あるし、三階層から下の探索はなかなかに手《て》古摺《こず》っているらしいよ。今はどんな風に変化しているのかねぇ？」

「よくよく考えると、傭兵達って命知らずだな。頻繁に構造が変わるダンジョンなんて危険地帯そのものだろ」

「彼等にも生活があるからねぇ。食い詰め者が一攫千金《いっかくせんきん》を狙って挑戦するんだよ」


――Ｚｕｚｚｚｚｚｚｚｚｚｚｚｚｚ……。


ダンジョン内では時折、地鳴りのような音が響き渡り、地下のどこかでは今も構造が変化している。

調べた情報も次の日には無意味なものになるのだから、傭兵達の調査もままならない。

坑道入り口付近で売られている地図など参考程度にしかならない。

「元が鉱山なだけにルートが複雑に絡み合っているのか？　例えばだが、一階層からいきなり未探索エリアに繋《つな》がっているとか」

「察しがいいねぇ、ツヴェイト君。地下なのに、なぜか広大な世界が構築されているんだよ。それが坑道で複雑に繋がり絡み合う。空間が歪《ゆが》んでいるのかねぇ？　いやぁ～、ダンジョンって不思議がいっぱいだぁ～」

「魔物より一部の傭兵の方がヤバいけどな……フフフ」

エロムラの様子から、以前このダンジョンに来た時に酷《ひど》い目に遭ったのだろうと察していたが、彼の呟《つぶや》きに『なぜに傭兵がヤバいんだ？』と疑問に思うツヴェイト。

しかし、あえて自ら訊《き》こうとは思わなかった。

なんとなくではあるが、聞いたら後悔しそうな気がしていた。

「まぁ、ファーフランの大深緑地帯ほどじゃないよ。ただ、ここで注意をしなくちゃいけないのは罠《わな》だね」

「罠……ですか？」

「ダンジョンに意思があるのかは知らないけど、気まぐれで通路に罠が仕掛けられている場合がある。うっかり発動させると酷い目に遭うね」

ダンジョン未経験者が最も警戒しなくてはならないのが、どこに設置されているのか分からない罠である。魔物との戦闘中にうっかり発動させ死亡する傭兵も少なくない。

ベテラン傭兵は罠すら利用し魔物を倒すが、駆け出し傭兵やダンジョン未経験者には判別が難しく、罠を察知できる盗賊や暗殺者の技能を持つ傭兵は重宝されていた。

まぁ、中には本当に裏稼業の暗殺者や盗賊が紛れていることもあるのだが……。

「傭兵のランクによって挑める階層が変わるんだが、無視する者が多いらしい。中にはダンジョン盗賊になる者もいるのだとか。どちらも死んだところで自業自得だよねぇ」

「おいおい、傭兵ギルドは取り締まらねぇのかよ」

「無理でしょ。傭兵の大半は貧乏で、しかも数が多い。ギルドでも職員に限りがある。人手不足はどこでも深刻な問題なのさぁ～」

「生きるためにダンジョンに潜って死ぬとか、本末転倒だろ。自己責任で済ませるにしては、傭兵ギルドは少し無責任すぎるんじゃないのか？」

「注意勧告を出しているのに、無視してダンジョンの奥を目指した傭兵達が悪いよ。それよりもだ、ダンジョンは魔導士にとっても魅力があってねぇ、希少な金属や薬草、魔物の素材なんかも大深緑地帯よりは安全に手に入れることができる。ワクワクしてこないかい？　クロイサス君もこのことを知ったら、嬉々《きき》として挑むんじゃないかな」

「アイツなら、ありえるな……」

ツヴェイトの弟のクロイサスは魔導具だけでなく、魔法薬の素材である薬草や希少鉱物、何よりも魔物の素材に目がない。

希少素材の噂《うわさ》でも聞けば、『興味深い。これは何としてでも現地調査に向かわねば！』と、鼻息荒くダンジョンに挑むことは間違いなく、そして遭難するのは確実だ。

インドア派で体力がないのにもかかわらず、無茶をする姿が目に浮かぶようだ。

「クロイサス兄様なら、間違いなくダンジョンに来ますね。護衛も雇わず興味本位に侵入して、真っ先に死んじゃう気が……」

「セレスティーナ……。お前、クロイサスの性格を分かってきたな」

「目的のためなら手段すら忘れる人ですから。イーサ・ランテでも、古代の魔導具をこっそり盗み出していましたし……」

「おい！　今、とんでもないことを言わなかったか⁉　魔導具を盗み出すところを見たのかよ」

「偶然に犯行を目撃してしまったのですが……。クロイサス兄様は、普段から似たようなことをやっているのでしょうか？　妙に手慣れていた気がします。追いかけたのですけどすぐに見失い、証拠も残しませんでしたから……」

「………あの馬鹿、盗みの手口を極めてどうする気だよ」

困ったことにクロイサスには悪気がなく、その行動の結果で周りにどのような迷惑がかかろうとも気にすることはない。

自分の興味と研究の前では全てが雑事であり些末《さまつ》な問題なのだ。

趣味に走っている時のゼロスと同類と言われるのも頷《うなず》ける。

「さて、ここでダンジョンの注意事項を教えておくよ。先ほど言ったように、罠に気をつけなくてはならない。どこに設置してあるか不明で偽装まで施してあるから発見が難しい。あっ、これは訓練だから、僕とエロムラ君は【トラップサーチ】は使わない。君達が使うのは認めるけど」

「消費魔力の配分を考える必要があるな……。落とし穴とかは肉眼で見つけやすそうだが」

「ツヴェイト君の言う通り代表的なのが落とし穴だが、これは地面の不自然な亀裂を見れば意外と簡単に見つかる。地面を見て縦に真っすぐ不自然な亀裂があるから、よほどの素人でもない限り引っかからないだろうけどね。穴の真上に立たないと蓋が開かないけど、中には一定の時間ごとに勝手に開くやつもあるから要注意だ」

「へへへ……俺も引っかかったよ。なんとか助かったけどさぁ～、ひへへへへ」

『『こいつ、マジで大丈夫なのか？』』

精神が不安定になっているエロムラが心配だった。

エロムラの事情は聞きたくもないが、このまま連れていってもよいものか二人は本気で考え始めた。よくよく考えてみると彼がいなくても別に困ることはない。

「エロムラ君、体調が優れないなら村で待っていてくれてもいいんだけど？　そんな状態で罠に引っかかったら大変だし」

「俺を見捨てる気かぁ、おっさん!!」

「なんでぇ!?」

「村は嫌だ、村は嫌だ、村は嫌だ、村は嫌だ、村は嫌だ……」

ますます困惑するおっさん。

エロムラにとって危険なのはダンジョンではなく、アーハンの村に滞在している『ウホッ♡』な傭兵パーティーだ。

彼にとっては別の意味でダンジョンの中のほうが安全なのである。

「エロムラ、そんな調子で護衛が務まるのかよ」

「村……いや、傭兵ギルドに戻るくらいなら、俺は魔物を何匹でも狩～ってやるぜ！」

「いや、今回は鉱石の採掘と薬草を集めるのが目的だからな？　傭兵ギルドの規則にも従うつもりだ」

魔物との戦闘は予想範囲内だが、不測の事態というのはいつ起こるか分からない。

しかし、今の状態のエロムラが不測の事態を引き起こしそうで、こちらのほうが不安だ。

「さて、先を急ぐとしますかねぇ。僕の後をついて……あっ、エロムラ君、天井に注意――」

「おわぁ!?」

ゼロスが注意した瞬間、突然天井から降ってきた槍《やり》で危うく串刺しになるところを、彼は無様な姿勢で避《よ》け切《き》った。

骨格に異常が出ていないか心配になる。

「……前に来た時は、こんなところに罠なんてなかったぞ!? スイッチも踏んでないのに!」

「おそらくランダムトラップかな? 二人とも、罠の中には今のように突然発動するものもあるから、警戒を怠らないように気をつけよう」

「おう……。入り口付近でいきなりかよ」

「ダンジョンって怖いですね……」

「俺の心配は!? ねぇ、俺の心配はしてくれないのぉ!?」

ゼロスは同じ転生者のエロムラなら簡単には死なないだろうと思っており、ツヴェイトとセレスティーナも『こいつならしぶとく生き延びるに違いない』という根拠のない認識を持っていた。

そこに信頼があるのかは微妙なところである。

そんな彼等の態度に、「みんなが冷たい……。俺、泣いちゃうよ? ねぇ、泣いてもいいよね?」と、鬱陶《うっとう》しくもみっともなく嘆くエロムラであった。

◇　◇　◇　◇　◇　◇　◇

ダンジョン探索を続けながら、一階層のボス部屋で【ホブ・ゴブリン】に率いられたゴブリン小隊をあっさり倒し、一行は第二階層へと辿り着いた。

そこには、とても地下世界と思えないほど広い森が広がっていた。

「……これがダンジョン内のフィールドってやつか。話には聞いていたが凄いな」

「本当に森があるんですね。この日差しはどこから来ているのでしょうか？」

「出現する魔物は、ゴブリン、オーク、ブルドドド、フォレストウルフ、レッドホーク、ホーンラビット等々、外でもよく見かける種だねぇ。以前はここ、ただの坑道だったのに……」

「俺がピット・シューターで落ちた場所は雪山だったけど、あそこは何階層だったんだろ……。寒かったなぁ〜」

「えっ？　僕が二度目で意図的に落ちた場所は毒の湿地帯だったけど？　やっぱり内部構造が変わってるんだろうねぇ。いくつのエリアがあるんだか……」

一度は最下層まで下りたゼロスだが、全てのエリアを記憶しているわけではない。

中には階層なのか判断がつかない坑道だけのエリアも存在し、マッピングをしているわけではないので、ゼロスの記憶にあるダンジョンの構造は酷く曖昧なものだ。

比較的浅い場所に鉱脈が発見されたらしいが、頻繁に構造が変化する以上は、この情報も当てにできない。

しかし参考程度にはなる。

「傭兵ギルドで薬草などの採取依頼が出てたが、新人の傭兵にこのダンジョンはきついだろ。一階層でいきなり罠があるし」

「エロムラがギルドの掲示板を確認していただとぉ!? 馬鹿な、そんなことがありえるのか……」

「同志、酷くない!? 俺を考えなしだと思ってないよね!?」

「………」

普段の行動が自身の評価を決める。

ツヴェイトのエロムラに対する認識は『考えなしの馬鹿』で決まっており、無言がその事実を伝えている。

信頼されていないことにエロムラは本気で泣きたい気持ちになった。

自業自得である。

「ん？ 早速だけどお客さんが来たみたいだ。ゴブリンが五匹、頑張って倒してください」

「まぁ、楽勝だけどな」

「正直、生き物を殺すのは好きではないのですが……」

ツヴェイトは大剣で、セレスティーナはメイスでゴブリンを迎え撃つ。

どこかの大深緑地帯に生息しているゴブリンより弱く、戦闘はすぐに終わった。

魔石だけを残して消滅していくゴブリンを見て、二人は驚く。

「こ、これがダ・ン・ジョ・ンに食われるってやつか……初めて見た。上では観察せずに進んできたからなぁ」

「あの……これって剥《は》ぎ取りできるんですか？ 魔石だけ残して消えちゃいましたけど」

「フォレストウルフなんかは、熟練者でないと毛皮すら剥ぎ取れないと思う。解体作業に挑戦してみる？　ティーナちゃん」

「魔物の個体差によるけど、保有魔力の関係で毛皮なんかも消えずに残る場合があるよ。ただ、少しばかり手ごわくなるけどねぇ」

「魔力が少ない魔物はすぐにダンジョンに食われ、多くても魔力が含まれている部位しか残さない。どうやって素材を持ち出すんだ？」

ダンジョンでは倒した魔物や素材は短時間で消滅する。

解体スキルを駆使して素材を得ても、時間が経《た》てば戦利品は全てダンジョンに吸収されてしまう。それを防ぐために特殊加工を施したリュックや革袋が必要なのだが、傭兵の多くはこうした道具を持てないのが実情だ。

ギルド職員でもあるポーターがこの手の道具を所持しているが、雇うには相応の金額が必要になるため、傭兵達の大半がダンジョンで偶然発見することに懸けていた。

なので、中級以下の傭兵が持ち帰れるのは、なぜか吸収されない魔石や薬草などの採取物、魔力の込められた部位の一部くらいなものだった。

「……師匠。俺らもそんな便利な袋なんか持っていないぞ？」

「大丈夫だ、問題ない。実はこっそり用意してあるんだよねぇ。僕に抜かりは……山ほどあるけど」

「そこは『抜かりがない』とはっきり言ってほしいんだが……」

おっさんはインベントリーから取り出したリュックを、ツヴェイトとセレスティーナに手渡す。

ツヴェイトが受け取ったのは普通に革製のリュックで、セレスティーナが受け取ったのはウサギを模したピンクの子供向けだった。

「「…………」」

「フッ……ブルドドドの革で作ったリュックを、アラクネの糸で織ったタオルを利用して覆った特別仕様だ。こういうファンシー系は苦手だからちょっと苦戦したよ」

「いや、おっさん……さすがにコレはないだろ。どう見ても幼児向け……」

「だが、性能はいいぞ？　これならダンジョンの吸収効果を防げるし、しかもマジックバッグだ！　大型のトロール一体くらいならなんとか入るしねぇ」

「「…………」」

マジックバッグは嬉《うれ》しいのだが、その一つの形状が凄く微妙。

喜びが木っ端微塵《こっぱみじん》に吹き飛ぶほどだ。

確かに全長八メートルはある大型のトロールが入るという時点で、このアイテムバッグは国宝級の価値がある破格の性能といえる。

しかし現実問題として見ると、軍事行動中にこのバッグを背負うなど悪目立ちしすぎて敵の目を引くだけでなく、低年齢層向けすぎてあまりにも恥ずかしい。

要するにファンシーな意匠が最大の無駄なのだ。

そんな無駄なことにも全力投球、それがゼロスというおっさんであった。

「先を急ごうか。三階層には薬草なんかも豊富に生えているようで、結構な穴場らしい」

「これ…………本当に…………私が……背負うんですか？　可愛《かわい》い……ですけど……可愛いんですけど…………」

「間違いなく性能が凄いが……なんでこんな無駄な装飾を施すんだよ。師匠の考えていることが分からん」

「大丈夫だ、同志。俺もおっさんのことが分からんし……」

さて、このアーハンの廃坑ダンジョンでは、階層ごとにボス部屋が存在していた。

階層に生息している他の魔物よりもワンランク強い魔物だが、今のツヴェイト達であれば余裕で倒せる程度の相手だ。少なくとも魔法を使うような相手は上階層には出現しないようである。

一行が辿り着いた二階層のボス部屋で待ち受けていたのは、【ハイ・オーク】をリーダーとする五匹の小隊だった。

「豚が出てきた」

「【ミート・オーク】以外は食べられないから、魔石狙いで倒すしかないだろうねぇ。ツヴェイト君達でも楽に倒せるでしょ」

「俺達だけで戦うのか!?」

「オークって、五匹ですよ!?」

「危なくなったら助けるさ。がんばれぇ～」

「いやいや、おっさん？　公爵家の御曹司とご令嬢に、ケガをされても困るんだけど……」

「さてさて、それじゃあ今までの訓練の成果をここで見せてもらおうか。どこまで実力が上がったかなぁ～♪」

「「……楽しんでません!?」」

ハイ・オークはオーク種の中では少しばかり知能の高い魔物だ。

四人がグダグダしている間にも攻撃する瞬間はあったが、なまじおっさんとエロムラが強いことを見抜いてしまったため、警戒して距離を取り周囲をうろついている。

他のオークもリーダーが警戒していることに気付き、武器を構えたまま動いていない。

「しかたねぇな……。実戦訓練だ」

「先生は厳しいです……」

「ブキィイイィッ‼」

相手が二人だと認識すると、ハイ・オークは攻撃の指示を出す。

四匹のオークは二手に分かれ、ツヴェイトとセレスティーナのそれぞれを標的に、左右から攻撃しようと動く。

「「身体強化！」」

無詠唱で身体強化魔法を使い、ツヴェイトとセレスティーナは一気にハイ・オークとの距離を詰める。

そんな二人を狙い、ハイ・オークは手にした棍棒《こんぼう》を振り上げると、ツヴェイトに向けて殴りかかってきた。

「食らうか！」

右斜め上段から振り下ろされた棍棒を、大剣で受け止めたツヴェイト。

「……ツッ！」

予想よりも重い一撃を受け、衝撃でわずかに顔をしかめる。

「ここです！」

その瞬間をセレスティーナは見逃さなかった。

ツヴェイトが大剣でハイ・オークの棍棒を受け止めている隙《すき》に、彼女は手にしたメイスでハイ・オークの腕に狙いを定め、鈍重な一撃を肘に叩《たた》き込む。

『ゴキッ！』と、嫌な音が響いた瞬間、ハイ・オークは痛みで叫び声をあげた。

「ギョアァァアアアアアァァァッ‼」

「くたばりやがれ！」

痛みで注意が逸《そ》れた隙を突き、ツヴェイトは大剣を構え直しハイ・オークの頭部に狙いを定めて振りかぶると、力に任せて一気に下ろした。

目測より少しズレたものの、大剣は頭部にめり込む。

いくら精強で再生能力があるハイ・オークでも、頭部に剣を打ち込まれては即死だった。

「残り四匹！　兄様、右のオークをお願いします」

「二匹同時に相手できんのか？　まぁ、危なくなったら助けてやる」

リーダー格のハイ・オークが敗れたことで動揺したのか、オーク達はそれぞれが逃げ回り始めた。

それでもゼロスとエロムラの方に向かうことはない。

「ハイ・オークを瞬殺したぞ……。同志、意外に強かったんだな。俺の出番がないじゃん」

「まぁ、訓練してるからねぇ～。これぐらいはできるでしょ」

「ゲームみたいなレベル制じゃなかったっけ、この世界……」

「鍛えれば、その分反映されるのはどこの世界も同じだよ。レベルの差に胡坐《あぐら》をかいていると、セレスティーナさんにもあっさり抜かれるかもしれないよ？」

「俺ちゃん、いらない子になっちゃう？　また無職!?　そんなのやだぁ～～っ!!」

「僕に言われてもねぇ～。関係ないし」

そうこうしている間にも、セレスティーナがメイスでオークを殴殺しツヴェイトが大剣で圧殺。セオリー通りに群れのリーダーを先に潰《つぶ》すことにより、ボス部屋のオーク達は短時間で制圧されてしまった。

その結果にゼロスも満足する。

「この程度なら楽勝だな」

「宝箱はないんですね」

「あぁ～、二階層か三階層だと、見つけても中身は期待できないと思う」

「詳しいですね、エロムラさん」

「まぁね。ダンジョンの上階層は魔力濃度が低いから、宝箱の中身もあまり魔力が込められていないことが多いんだ。出てくるものもガラクタと変わりない」

「魔力濃度の差で宝箱の中身も変化するって……いったいどんな原理が働いているんでしょう？不思議ですね」

『………』

よくよく考えてみると、ダンジョンというものは存在自体が謎だった。

一般的にはフィールド型の魔物とされているが、地下空間に広大な森林フィールドを形成するなど普通では考えられない力を持つ。

それだけの力があるのなら、わざわざ外部から餌となる生物を呼び込む必要はないいんじゃないだろうか。魔物として見るのなら、そもそも移動しながら獲物を捕食したほうが効率はいいように思える。

外部から獲物を誘い入れるために宝箱といった餌を用意するというのは分かるが、その中には稀《まれ》にとんでもない性能を秘めた魔導具や武器が存在し、作るにはどう考えても専門の知識を必要とするものばかりだ。

中にはダンジョンの核であるダンジョンコアすら破壊できるものがある。

本当にダンジョンを生物として見るなら、自殺願望でもない限り自身を殺せる武器を生み出す理由が理解できない。

それ以前に、武器や道具といった人工物を自然発生させているメカニズムが不思議だ。

一説では『傭兵達が倒され残した武器や道具が吸収されず、高密度の魔力によって変質し強力な力を得る』とされているが、その説が事実とすれば改良と加工が施されているということになる。

発見される宝箱に関しても、明らかに人の欲望を理解しているとしか思えない。

誰かがこうしたものを設計し作り出しているのならまだ分かるが、その全てをダンジョンコアが行っているとなると、ダンジョンはかなり高度な知性を持っているということになる。

また、ダンジョン内で育つ魔物は餌を必要としない。生物学的な観点から見てもこれはおかしい。

考えれば考えるほどにダンジョンという存在は不可解で、何のために存在しているのかが分からない。それゆえに神秘性があるのだろうが、異世界人の視点から見れば不自然で薄気味悪いのだ。

あえて言えば、ゼロス達がやっていたＶＲゲームに近い存在だろう。

「ダンジョンって、いったい何なんだろうなぁ～……」

誰に聞かれるともなくぼそりと呟く。

教え子達の背中を眺めつつ、ゼロスはダンジョンという存在に警戒心を持った。

この、一定領域内に創り出された世界に――。

第八話　おっさん、マヨテロを仕掛ける

ダンジョン、それは欲望渦巻く魔窟である。

ここを訪れる理由は人によって実に様々だ。

例えば――、

「うはははは、上階層でも結構出るじゃないかぁ！　さぁ、ツヴェイト君も掘るんだ！　掘って、掘ってぇ～掘りまくれぇ!!」

「なんでそんなにテンションが高いんだ……。全部希少金属でもない鉄鉱石だろ」

「よく確認したまえ。赤鉄、黒鉄、微量の金や銀、銅、錫《すず》、亜鉛、ミスリルも混じっているぞぉ？　魔導錬成を使えば少量だが希少金属もゲットだぜぇ！」

「いや、俺は師匠ほど魔導錬成できないぞ。ミスリルがこの鉱石の中のどこにあるのかも分からんのに、抽出なんかなおさら無理だ」

「そのあたりは僕がやっておいてあげるから、君は元気にツルハシを振るいたまえ。微量のミスリルのために死ぬ気で……」

「死ぬ気でぇ⁉」

「いや、間違えた。死ぬまで」

「さっきよりひでぇ⁉」

——鉱石目的でダンジョンに来た者。

あるいは——、

「これは【ネッタリ苔《ごけ》】ですね。マナ・ポーションの素材に使えるそうです」

「うっわ、ネバネバしてる……。これ、本当に苔なのか？　粘菌じゃないの？　あるいはスライムの一種……。俺達はこんな素材で作った魔法薬を飲んでいたのかよ」

「苔ですよ？　あっ、こちらには【ボーン・マッシュルーム】ですね。骨を苗床にする珍しいキノコで、免疫強化の効果を持っているそうです」

「ダンジョンって、倒した魔物は消えちまうはずだよな……。なんで骨が残ってんだ？」

——調合素材を収集する者と、その対象を護衛する者。

ダンジョンに挑む者達は多かれ少なかれ明確な目的を持っているが、今この場にいる者達は間違いなく趣味を満たすための暴走と、個人での学術的な調査であるのが分かるだろう。

当然、ここは危険極まりないダンジョンなだけに魔物も襲ってくるのだが……。

「グルルルル……」

「おっさん、コボルトだぁ‼」

「ダブルツルハシ……ブゥゥウメラァァァァァァァン‼」

おっさんが投げたツルハシでコボルトが複数撃退され、再び手元に戻ってくる。

あきらかに物理法則がおかしい。

「さぁ、続けよう。魔石の回収はエロムラ君に任せた」

「「何事もなかったかのように……」」

……規格外な者の前では魔物の襲撃など意味がなかった。

わざわざ倒されるために現れたようなものだ。

無常の哀れさすら感じる。

「なぁ、おっさん……。俺、ここにいる意味があるのか？　出てきた魔物はおっさんが処理してんじゃん。俺ちゃん、護衛だよね？　ひょっとしなくても……いらない子？」

「おっと、いけねぇ……。つい、いつもの癖で倒しちゃったよ。悪いねぇ、エロムラ君や。邪魔する奴はツルハシ一つでダウンさせるのが僕の流儀なんだ」

「エロムラの存在意義がないな。師匠一人で充分だろ。お前……なんでいるんだ？」

「それを聞いちゃう？　聞いちゃうの？　ねぇ、なんで聞いちゃうのぉ!?　本当に、なんでいるんだろうねぇ!!」

護衛であるはずのエロムラの存在意義がなかった。

何しろゼロスは敵を察知すると無意識に反応して攻撃してしまう。

先ほどはツルハシであったが、今まで現れた魔物の全てを投石で殲滅《せんめつ》しており、こうなるとエロムラはただの給料泥棒である。

魔物とは別方向で無常だった。

「おっ、エメラルドだ……」

「あまり大きくはないねぇ、指輪に使えるくらいかな？」

「指輪か……」

ツヴェイトの脳裏に、なぜかクリスティンの顔が過《よぎ》る。

「……師匠、鉄鉱石に含まれているミスリルの抽出は、やってくれるって話だよな？」

「ん？　それくらいならインゴットを作るついでにやってあげるけど、なんで？」

「おっし、できる限り多くミスリルをゲットしてやる」

「おぉ!?　突然やる気を出したねぇ」

ゼロスは趣味に使う鉱物を目的とし、ツヴェイトは淡い恋愛感情の衝動で採掘、セレスティーナは調合素材の採取、エロムラは護衛役と給料のため、それぞれが自分の欲望を満たすために行動していた。

危険地帯であるという認識が低いと言わざるを得ないのだが、ゼロスの強さを知っている三人にとって、おっさんのそばがどこよりも安全な場所だった。

「オリハルコンや他の希少金属はまだあるから、採掘するのは鉄で充分。合金にしちまえば、ククク……」

おっさんは掘る。

ただ、ひたすらに鉄鉱石を……。

ツルハシを振るう速度は人外で、採掘音は重機そのものだった。

◇　◇　◇　◇　◇　◇　◇

さて、しばらく鉱石採掘をしていたゼロス一行であったが、動けば当然ながら腹が減るものである。

まるで鉱山労働者のように、『ひと仕事してきたぜ！』と言わんばかりに洞窟から出てくると、岩山の前には澄み切った水を湛《たた》えた湖が広がっていた。

「目の前に広がる大自然……。綺麗《きれい》な湖。ウソみたいだろ、ここダンジョンの中なんだぜ？」

「エロムラ君や、なぜに君は弟が事故死した兄貴の口調で話すかね」

「その書籍なら読んだことがありますよ？」

『『……絶対にパチモンだろ』』

心で思っていても言葉には出さない、おっさんとエロムラなりの優しさだった。

「騎士を目指す弟と、弟に遠慮して格闘家を目指した兄を絡めたヒロインとのラブロマンスでしたよね。事故後に騎士の道へ転向して弟の遺志を叶《かな》えようとするんですけど、幼馴染《おさななじみ》の女性は他の男性キャラから不自然なほど人気があって、最後に武闘会の会場で兄が婚約破棄される物語でした。この婚約破棄パターン、結構多いのですけど流行《はや》っているのでしょうか？」

「「それ、話が違う……」」

某有名作品にファンタジー乙女ゲーの要素が盛り込まれていたようだ。

しかもバッドエンド。

パチモン作るにも程がある。

「本の話なんかどうでもいいだろ。それより、どこで休むかが問題だと思うぞ」

「そうだねぇ、このエリアは湖が大部分を占めているようだし、森が少ない。安全に休める場所が限られている」

「この階層のコボルト程度なら余裕だけど、休んでいる最中に襲われるのは遠慮したいよな」

「インゴットを作るから、魔物の出現率の低い場所がいいよねぇ。湖のそばはやめておこうか」

「なんでだ、師匠」

「陸地が少なく湖面が多い……。水生の魔物が襲ってくる確率が高いだろ？」

ダンジョンのパターンからしても、水中に生息する魔物の出現率が高いと判断した。

特に湖という地形から、リザードマンやサハギンなど複数体で行動する魔物の相手は面倒だ。

何しろ今回の目的は採掘や採取である。のんびり探索しつつ必要なものを手に入れられれば、それでよいのだ。

「おっさん、あそこの崖に岩棚があるけど？」

「ふむ、【ガイア・コントロール】で階段でも作れば、上で安全に休憩ができるかな」

「臨時的な拠点を作るのに便利だよな。師匠が作った魔法だろ？」

「術師の魔力次第ではいくらでも応用が利きそうですよね」

崖の岩棚を休憩場所と決め、四人は崖下へと向かった。

高さは八メートルくらいあったが、おっさんは鼻歌交じりに魔法で階段を作り、岩棚の上に辿《たど》り着く。

真下には透明度の高い湖面が広がっていた。

「ものの ついでだ」

岩棚の上に窯や石テーブルなども作り出すゼロス。

「……マジであっさり拠点ができたな。この魔法、戦略的に利用したらかなりヤバいぞ」

「そうなのか？　同志」

「あぁ……。騎士団全員が覚えたら、立派な工兵部隊の出来上がりだ。難攻不落の要塞《ようさい》も、地下にトンネルでも掘れば落とせるかもしれないだろ」

「あぁ～陣地構築も楽そうだよな。空堀でも作られたら、それだけ敵の侵攻を止められそうだし、戦場ではかなり需要がありそうだ」

「土木作業は戦争でも行われるからな、陣地の構築具合で戦略もかなり複雑化するんだ。敵に漏れたら厄介な魔法だぞ」

さすがに戦術研究をしているだけに、土木魔法【ガイア・コントロール】の厄介さに気付いていたツヴェイト。

陣地構築に利用できるのはいいが、敵に使われると国内に敵拠点が構築されかねない。しかも、その拠点は使い捨て前提にして罠《わな》などを仕込まれれば、味方に少なからず被害が出るだろう。部隊としては小さい被害でも軍として見れば大きい損害だ。

「応用が利くっていうのも厄介な話だな」

「まぁな……戦争から土木作業は切り離せない。目の届かないところに拠点なんかを作られたら、斥候部隊もかなり苦労するだろう。特に、地下拠点なんか面倒そうだ」

相手国に工作部隊を密入国させ、少しずつ拠点を作るという方法もある。

あとは破壊工作を行う特殊部隊を合流させ、戦争を仕掛けている裏で国の内部から攪乱《かくらん》やテロ攻撃を行うことも可能だろう。わざわざ敵国内に拠点となる家を借りる必要もない。

拠点さえあれば残る問題は食料などの備蓄だが、商人を装い取引などで購入すればいい。

「そんなに上手《うま》くいくもんなのか？　少数精鋭でも人が動けば証拠が残るんじゃね？」

「エロムラにしては鋭いところを突くが、軍は常に国内に目を向けているわけじゃない。それに王政国家の軍のほとんどが各領地を治める貴族の私兵で、指揮もその貴族が執る。多くの貴族の中には、兵力はあっても領地管理の杜撰《ずさん》な奴もいるわけだ。やりようはいくらでもある」

「軍と衛兵の命令系統を分ければいいんじゃね？」

「それだと、軍と衛兵との間に縄張り意識が出るだろ。命令系統は一本に絞ったほうが楽で……」

「話の途中で悪いけど、僕はちょっくら水汲《く》みに行ってくるよ。その間の守りはエロムラ君に任せるから」

気が付けば、岩棚はいつの間にか展望台になっていた。

おっさんは遊び心でやったつもりだが、エロムラは短時間で展望台を構築したゼロスと使用した魔法に対し、ツヴェイトと同様の危機感を抱く。

「これ、確かにヤバいな……同志」

「……だろ？」

汎用《はんよう》魔法の軍事利用に改めて脅威を感じた瞬間だった。

ゼロスみたいに一人で拠点構築はできずとも、人の数を増やすことで充分可能となる。兵力にものを言わせれば、要塞ですら一夜で建築できるかもしれない。

とても他国に流していい魔法ではなかった。

◇◇◇◇◇◇◇

三分後、ゼロスは鼻歌でアニソンを歌いながら戻ってきた。

ゼロス以外の者達は全員料理が不得意なので、調理はやはり一人で行うこととなる。

野営では匂いなどで敵を引き寄せることもあり、たとえ活力を得るにしても率先して調理しようとする傭兵《ようへい》は少ない。そのため食事は保存のできる無駄に塩味の利いた干し肉や硬いパンになりがちだ。

サバイバル技術としては必須だろうが、実際に調理を行うのは組織だって行動する傭兵のクランや、軍隊のような防衛組織などに限られる。それだけ外での調理作業はリスクが高い。

あくまでも一般的にという意味でだが。

「「「…………」」」

ツヴェイト達の目の前には野菜サラダや肉野菜炒め、ご丁寧にスープまであった。

これが自宅や軽食店なら分かるが、彼等がいる場所は魔物が生息するダンジョンである。多くの傭兵達もダンジョン内でこのような食事はとっていないだろう。

これらの料理を作ったゼロスは今、かなり本格的な作りの石窯でパンを焼いていたりする。

「……これ、おかしくねぇか？」

「ダンジョンで料理などして大丈夫なのでしょうか？　匂いで魔物が寄ってきませんか？」

「俺はおっさんの料理スキルの高さに驚愕《きょうがく》している。これ、ダンジョン内で採取した野草や肉だよな？　どんだけサバイバル能力が高いんだよ」

「今先生が焼いているパン……バターの香りがします」

「おっさんのそばにある丸っこい生地と具材は……まさかピザも焼く気か⁉」

「豪華だな。訓練でもここまでする奴はいなかったぞ……」

拠点構築はまだ分かる。

しかし、魔物がうろつくダンジョンで料理を作るというのは、さすがにやりすぎである。

嗅覚の鋭い魔物は群れを形成する傾向が高く、獲物がどれだけ遠くにいても敏感に察知し、集団で襲撃してくる。魔物にもよるが放屁《ほうひ》ですら命の危険に繋《つな》がりかねないほどだ。

ゼロスのように本格的な料理を作るなど常識では考えられない愚行なのである。

当たり前の話だが、ダンジョン探索で快適さを求めるのはおかしなことなのだ。

「まぁ……ゼロスさんなら、ダンジョンの魔物なんて余裕だろ」

「数が増えると厄介なんじゃねぇか？」

「でも兄様、この岩棚は先生が作った狭い階段を上がってくる必要がありますし、迎撃は意外と楽なのではないでしょうか？　上から様子も見られますよ」

「魔物が下から来るとは限らんだろ。鳥型だったらどうするんだ？」

岩棚に作られた展望台。それは、鳥型の魔物から見れば実に狙いやすい場所となる。

空中を高速で飛行する魔物に魔法を当てるのは難しく、魔導士には相応の魔法制御能力と命中精度が求められる。無詠唱のできない魔導士は詠唱時間の隙《すき》を突かれることは確実で、特にこのような見晴らしの良い場所で襲われれば対処するのが厳しい。

そのことについてツヴェイトがゼロスに話そうとすると――。

「おっと、これを設置するのを忘れてた」

「「「…………」」」

片手でピザ生地を器用にクルクルと回しつつ、インベントリーから無造作にバリスタを取り出し設置するおっさん。指先では遠心力によって生地が円形に延ばされていく。

ちなみにバリスタは照準を狙いやすいように台座が稼働するタイプであった。

至れり尽くせりである。

「さてさて、パンは焼けたかなぁ～。うん、焼けてるねぇ。ほいよ！　焼きたてパン、おまち！」

「おっさん、何でもアリだな」

「今さらですよ、エロムラさん……」

「師匠にできねぇことなんて、ないんじゃないか？」

「はっはっは、いくら僕でも首を三百六十五度回転させたり、ブリッジして階段を駆け下りる真似はできないからね？　できないことも結構あるもんさ」

『『それ、できたら人間やめてるだろ（ます）……』』

まぁ、おっさんは別の意味で人間をやめている。

「そして、サラダにかけるのはコレ！　おじさん特製、【漢前《おとこまえ》まよねぇ～ず】！」

「まよねぇ～ず？　普通にマヨネーズじゃねぇの？」

「先生はマヨネーズも作ったのですか？」

「それより、漢前って言葉はどこからきたんだ。師匠のことじゃないよな？」

マヨネーズはだいぶ昔に召喚された勇者の手で広められ、今では一般家庭でも普通に作られるほどレシピが定着している。家庭によって味が微妙に異なるのが特徴だ。

しかし、ゼロスが作った万能調味料は、どこか怪しげなニュアンスが見え隠れしていた。

「フッ……こいつはな、漢前っていうくらいにガツンとくるんだよ。生意気にもマヨネーズのクセにねぇ」

「いやいや、おっさん？　マヨネーズがガツンとくるって、全く想像がつかないんだけど？」

「俺もだ」

「普通のマヨネーズとどこが違うんですか？」

「百聞は一見に如《し》かず。スプーンを渡すから、一舐《な》めしてみぃ～。ガツンとくるから」

【漢前まよねぇ～ず】が入れられた小壺《こつぼ》をテーブルの上に置き、おっさんは『Ｈｅｙ，Ｙｏｕ一舐めしちゃいなＹｏ。ガツンとくるＺＥ☆』などとしつこく言っていた。

怪しい。限りなく怪しい。

しかし、サラダを食べる以上、結局この怪しいマヨネーズは口に入れることになる。

早いか遅いかの違いだけなので、三人はおっさんの誘いに乗って味見の決心をし、スプーンを小壺に伸ばし一掬《すく》いした。

そして一舐め……。

「んっ!?」

「な、なんじゃこりゃぁ～～～っ!!」

「確かに、ガツンとくるな……。これだけで主食になるんじゃないか？」

ガツンときた。

【漢前まよねぇ〜ず】を別の言葉で言うなら、超強烈なまでに旨味《うまみ》が凝縮されていて超濃厚。味は確かにマヨネーズ。しかし言葉で言い表すことができないほど、調味料とは到底思えない旨味のインパクトが口の中いっぱいに広がる。いや、炸裂《さくれつ》する。

ニヒルに『俺に惚《ほ》れるんじゃねぇぜ。火傷《やけど》じゃ済まなくなるからよ』と主張しているようだ。

この味を知ったら誰もがマヨラーに転向するかもしれない。

いや、間違いなくマヨラーが増えると確信を持って言える。

「な？　表現する言葉が見つからないほど、舌にガツ〜ンってくるだろぉ〜？　だから漢前ってつけたんだ。それ以外に表現しようがない」

「これは……確かに」

「あぁ……使われている卵の旨味が口の中で炸裂しやがる。酢や油も厳選されたものだな。まるで強烈なパンチを顔面に食らったような、凄《すご》く濃厚で圧倒的な破壊力を秘めた美味《うま》さだ……」

「俺、危うくおはだけするところだった……。なんだよ、これ。俺に裸族という新たな称号を力ずくで与えようとしてんのか？　確かにパンチの利いた漢前な味だけど……」

忘れることのできない美味さに、ツヴェイト達は戦慄《せんりつ》する。

たかが調味料のはずなのに、全ての料理を圧倒的に凌駕《りょうが》するほどの旨味が凝縮されており、サラダが不憫《ふびん》にすら思えてくる。

パンにつけても同じだろう。

「師匠……なんてもんを食わせやがるんだ。こいつはヤバいぞ！」

「そうだねぇ～。けどさぁ～、ツヴェイト君達のような実戦派の魔導士には、こいつのありがたみってやつが分かるんじゃないかい？」

「どういうことだ？」

「マヨネーズはこれだけで充分な栄養を補給可能な調味料なんだ。登山で遭難した人が、このマヨネーズのおかげで生き延びたって話もあるくらいだからねぇ」

「それって……」

遭難者がマヨネーズで生き延びる。

それは戦場で孤立した時の非常食としても有用であるということだ。

マヨネーズはカロリーが高く、疲労時に必要最低限の栄養をお手軽に摂取できるということであり、その上、敵に調理などの匂いや煙で居場所を察知されにくい。

しかも、この【漢前まよねぇ～ず】は普通のマヨネーズより濃厚。それだけ高カロリーでありながらも材料の酢による抗菌作用で長持ちときた。

非常食としてはとても優秀なのである。

「ちょっと待った！　おっさん……。普通のマヨネーズならともかく、こいつは危険だ。マヨには中毒性があることを忘れたのか!?」

「美味いんだからいいじゃないか。しかも、ヤバイお薬のような身体への影響はないんだぞ？　まぁ、食べすぎたらどうなるかは知らんけど」

「自重できると思うのか？　これの味を知ったら普通のマヨが食えなくなる。妖怪マヨ舐めを増産する気かよぉ!!」

「それは個人の問題でしょ。毎日食べたら、どんな味でも飽きると思うし」

「「無理だ（です）」」

確かにマヨネーズは高カロリーで、毎日食べ続けた時の健康への影響が心配だが、それ以上に味が問題だ。

この【漢前まよねぇ〜ず】は、あまりの美味さのために後を引き、つまみ食いをする輩《やから》が出てくることは確実。しかも軍の兵糧でそんな真似をされたら大問題だ。

下手をするとマヨネーズのために部隊が壊滅しかねないほどの強烈な旨味なのである。

事実、三人はスプーンでマヨを掬う手が止められなかった。

「皆、たかがマヨで大げさだなぁ〜」

「「それだけ美味すぎるんだよぉ!!」」

「どうしましょう……。手が、手が止められません」

おっさん特製の【漢前まよねぇ〜ず】は、一騎当千の勇者並みに凶悪な兵器だった。

「いったい何の卵を使ったんだ？　この味の濃厚さは異様だぞ」

「普通にコッコのだけど？」

「あの……先生？　マヨネーズに使う卵は、ビックェイルだったと思うのですが……」

「ビックェイル？　クェイルは鶉《うずら》って意味だったっけ？　大きな鶉？」

「いや、おっさん……。あれの見た目は鶉なんかじゃねぇぞ？　ぶっさいくで七面鳥みたいだったし……」

「それ、普通に七面鳥なのでは？　ぜひとも丸焼きにして食べてみたいねぇ。まぁ、そんなことよりも料理が冷めちゃうし、温かいうちに食べるとしようか」

「「「…………」」」

「あっ、今から焼くピザはマヨで味付けしてみようかな？　焼くと味わいが変わるんだよねぇ」

食事は美味かったが、三人の脳裏にどうしても【漢前まよねぇ〜ず】の味だけが残された。

メイン料理（主役）の味すら完全に殺してしまう圧倒的な破壊力。それが、おっさんが作った驚異の調味料、【漢前まよねぇ〜ず】である。そしてピザは手が止められないほどに絶品であった。

三人は今まで、これほど複雑な気分で食事をしたことがなかったと、後に語っていたとか……。

それとは別に――、

「師匠……。俺、なぜか【毒耐性】と【麻痺《まひ》耐性】、ついでに【混乱耐性】のスキルを獲得したんだが……。しかもスキルのレベルが一気に10まで上がっていたぞ？」

「私もです」

「俺も耐性のレベルが一つ上がってたんですけど……」

「そうなんだ。なんでだろうねぇ……」

――おっさんは、やはり何かをやらかしていた。

◇　◇　◇　◇　◇　◇

食後、ゼロスは魔導錬成で鉱石からインゴットを作っていた。

セレスティーナは乳鉢で薬草を磨《す》り潰《つぶ》しており、ツヴェイトは採掘した宝石の原石をハンマーで叩《たた》き、取り出し作業中。

そんな中、見張りをしていたエロムラは、展望台と化した岩棚の下で異変が起きていることに気付く。

「おっさん……。ちょいと」

「ん～？　なにかね」

「湖面がやけに泡立っているんだが、魔物でもいるんじゃないのか？」

「そりゃダンジョンなんだし、水中に生息する魔物くらいいるでしょ」

おっさんはインゴットの錬成に夢中で応対が適当だった。

そうこうしているうちに、水面に背びれのようなものがいくつも現れる。

「おっさん……」

「なにかね？」

「どうやら魚系の魔物……。たぶんサハギンだと思うんだけど……」

「食えば？」

「半魚人なんか食いたくねぇよ!?　いや、どうも群れのようなんだよ……」

「対応は任せた。護衛は君のお仕事でしょ？」

やはり適当に流すおっさん。

サハギンらしき魔物は湖面から陸地に上がると、移動を開始する。

その数は百匹くらいだろうか、群れを成して木のまばらな林の奥へ向かっていった。

『あの数なら俺でも楽勝だな。あ～、でもサハギンの返り血は浴びたくねぇ。生臭くなりそうだし、どうすっか……ん？』

エロムラはサハギンを狩るか迷う中、湖の中央辺りの水中から何かが浮上してくるのを目撃した。いや、中央だけでなく湖面全体に一本のラインが浮かび上がる。

「水中から何かが浮上してくるみたいなんだが……」

「へぇ～……」

「これは道、なのか？　砂の道……違う。橋だ！　橋が湖底から浮上してきた」

エロムラは今いる岩棚の真下に、湖の中心にまで延びる橋が静かに浮上してくる瞬間を目撃していた。

「成長中のダンジョンなんだから、そういうこともあるでしょ。拡張工事だと思えばいいんじゃね？」

「いやいや、なんでそんなに暢気《のんき》なんだよ！　このエリアの構造が今まさに変わろうとしてんだろ！　ダンジョンの中にいる俺達は無事で済むのか!?」

「あっ……」

おっさんはエロムラが何に慌てているのかやっと気付く。

ここまで来る途中も、何度か地鳴りのような音を聞いている。

つまりダンジョンの構造変化はリアルタイムで起こっており、それがゼロス達の目の前で起こっても不思議ではないのだ。

まあ、だからといっておっさん的に慌てる理由はなく、むしろどんな変化が起こるかのほうに興味が惹《ひ》かれた。

「おい、橋が浮かび上がってくるって!?」

「おぉ、同志！　このおっさんを正気に戻してくれ。人の話を適当に受け流すんだよ」

「失礼な。ん～どれどれ……って、おぉ～これは……」

その橋はまるで長い年月を重ねた遺跡を思わせるものだった。

土台の重量を分散させるアーチ式の重ね橋で、破損しているが見事な彫刻が左右対称に一定の間隔で施されていた。明らかに人の手で建築されたものである。

その橋は、一緒に浮上してきた遺跡のような建物が立った小さな島に繋がっていた。

「……ダンジョンは、どこからこんなものを持ってくるんだ？」

「見た目は数千年経過した遺物なんだけどねぇ。もしダンジョンに意思があるのなら、必死にデザインを考えたのかな？　それよりも橋の先にある島の遺跡……いや、神殿跡かな？　気になるねぇ」

「どう考えても、下層へ続くルートにしか思えねぇんだけど……。おっさん、調べにいく？」

「どうしようかねぇ……」

傭兵ギルドの情報では、湖の対岸にある洞窟から三階層へ向かうとあったが、それとは別に新たなルートが形成されたことになる。

ゼロスとしても冒険心をくすぐられるところだが、この先の危険度が分からない以上、ツヴェイトとセレスティーナの二人を連れて挑むわけにもいかない。

実に悩ましいところだ。

「上階層の変化は微々たるものだと傭兵ギルドで聞いたけど、あまり当てにできない情報だったようだねぇ。さてさて、どうしたものか」

「普通なら帰りのルートが心配になるんだが、師匠がいるとなぜか不安を感じないな」

「最悪の事態になった場合、殲滅魔法で天井をぶち抜けばいいからねぇ。これもいい経験になるさ」

「あの……おっさん？　天井をぶち抜いて上階層の傭兵達が巻き添え食ったらどうすんの？」

「緊急時の対処として誤魔化せばいいんじゃね？」

「「駄目だろ‼」」

ゼロスは以前、このダンジョンにて人命救助の際に広範囲殲滅魔法をブチかまし、上階層までのルートを強引に作った前科がある。

その時はあくまでもサンド・ワーム殲滅の結果に過ぎなかったが、仮に緊急時の脱出目的で殲滅魔法を使った場合、他の傭兵達が巻き込まれれば過失であっても罪に問われるだろう。

そうなればおっさんの力は国中に知れ渡ることになるので、牢獄《ろうごく》送りにはならないにしても国の管理下に置かれる立場となるのは間違いない。

正直に言って最終手段は使うメリットがない。

『面倒事になるのは間違いないんだよねぇ……。さて、最悪な事態の妄想はここまでにして、周辺を調べてみるか。何もないといいんだがなぁ～』

湖の中央まで延びる大橋の出現は、どう考えても大規模な拡張の始まりだ。

この三階層だけで済むならよいが、上階層にまで事が及んでいた場合を考えると、ツヴェイト達兄妹の体力も考えておかねばならないだろう。

二人はゼロスやエロムラのようなチートではないのだ。変化の度合いが分からない以上、二人の体力をここで消費するわけにもいかないだろう。

「急いでこの場を片付け、周囲の探索を始めよう。ファーフラン大深緑地帯並みの慎重さを要する事態だと思って、冷静に行動するように」

「はい！」

「師匠がそこまで言う事態が起きているってことか……」

「僕としては、何も起きてないことを願うばかりなんだけどね」

「おっさん、それってフラグ……すんません、睨《にら》まないでください」

四人は急いで片付けを始めた。

この未完成状態のダンジョン内では、いかなる非常事態が起こるか分からない。

変化の状況によっては、下層を経由して上階層へ向かうことも充分に考えられる事態である。最悪の場合を想定すべきか否かを判断するには、来たルートを先に確かめる必要があった。


――ＤｏＧｏｏｏｏｏｏｏｏｏｏｏｏｏＮ!!


遠方から爆発音が響いてきた。

どうやら傭兵達が先ほど湖から上陸したサハギンと接触したようである。

「意外と近くに傭兵がいたねぇ……」

「先生、助けに行かないんですか？」

「サハギン程度なら逃げ切れるでしょ。あいつらは地上だと鈍足だし」

「ゼロスさん……サハギンは百匹ほどいたんですけど？」

サハギンは手足があるものの、所詮《しょせん》は水生生物で地上戦は弱い。

しかし、その数が群れを成すほどとなると、傭兵達も数を揃《そろ》えなければ対処できないことも確かだ。救助に向かうかどうか悩ましい問題だ。

ゼロスとしてはここで足手まといを抱えたくないのだ。

「それにしても、やっぱりマジックバッグって便利だな」

「俺やおっさんのインベントリーや勇者のアイテムＢＯＸに比べると、収納力はあまりないらしいけどな。あったら便利なのは間違いないが……」

「エロムラ君が……勇者の情報を調べていただとぉ⁉　不吉だ……いやな予感がする」

「おっさん、それってどういう意味ぃ⁉」

ゼロスにとって、エロムラ＝おバカという認識が既に出来上がっていた。

かなり失礼な話だが、エロムラが何かまともなことを言おうとも、『そんな、馬鹿な……』と驚かれるほどに定着していたようである。

「マジックバッグ……欲しかったので貰《もら》えたのは嬉《うれ》しいですし確かに便利なのですけど………やっぱりこのデザインは……」

「破格の収納力という面で見れば、デザインなんか気にすることでもないだろ」

「なら、兄様がこれを背負ってください。このウサちゃんリュックを……」

「断る」

いくら破格の性能でも、ウサちゃんリュックはセレスティーナでも恥ずかしいようだ。

誰かに押しつけたくてもツヴェイトは普通のアイテムバッグを譲る気はなく、ゼロスやエロムラはそもそも必要としていない。ついでにゼロスは製作者だ。

そんな三人を彼女は恨めしげに睨みつけていた。

「疑問なんだけど、なんであんなデザインに？　おっさんなら、もう少しマシにできただろ」

「もともと作りかけの在庫だったし、形状からイメージして勢いに任せてたら、立派なウサギさんの出来上がりさ。悪気はないんだ」

「めっちゃ凝った作りだけど？」

「普通のものを作って何が面白いんだい？　当たり前のものから逸脱してこそ、真の生産職と言えると思うんだ」

「逸脱しすぎだろ……」

【ソード・アンド・ソーサリス】において、アイテムバッグは戦闘時の補助的な役割があった。

そもそもインベントリーは数多くのアイテムを収納できるが、プレイしていくほどに乱雑となり、戦闘時に必要なアイテムを探すのに時間がかかってしまう。

しかも五十音順に自動整理されるので必要なアイテムを探すのに手間がかかる。

ゼロス達のように慣れてしまえば別だが――。

しかし、アイテムバッグは収納できる種類や量が限定されており、戦闘時に即座にアイテムで回復する場合など、その抽出速度はインベントリー収納一覧を閲覧するよりも早い。

生産職はアイテムバッグが作れたので、ゼロス達も売るために製作していたのだが、手間がかかるうえにデザインは微妙、完成しても売れないと諦めた未完成品がインベントリー内に死蔵されていた。

今回は、そんな死蔵品をリサイクルしたのである。

「逸脱とは失敬な。頼まれれば、まともな武器も作るさ。素材は持ち込みだけど」

「素材持ち込みかぁ～。新しい武器を作ってもらおうと思ったけど、難しそうだわ。しばらくはお預けかな」

「師匠、片付けが終わったぞ」

「よし、それじゃこの三階層を調査するよ。気になるものを見つけたら知らせるように」

「「「おう！（はい！）」」」

こうして、四人はダンジョンの変化を調べるため、即席岩棚展望台を下りていく。

今もダンジョン内に不気味な地鳴りが響き渡っていた。

第九話　おっさん、ダンジョンの変化が理解できず

時間は少し戻り、坑道ダンジョン第二階層。

森林エリアを抜け、ボス部屋で二人組の傭兵《ようへい》が攻略を終えていた。

「はぁ～……なんで私、ダンジョンで戦っているんだろ」

うんざりした表情で呟《つぶや》いたのは、メーティス聖法神国に召喚された勇者の一人、【一条《いちじょう》　渚《なぎさ》】であった。

彼女がダンジョンに挑むことになった原因。

それは目の前にいた。

「う～ん、ゴブリンの魔石も売ったところでたいしたことがないよなぁ～。どこかに大物はいないものか……」

正直、渚は目の前にいるこの少年――【田辺《たなべ》　勝彦《かつひこ》】を殴りたかった。

数日前、渚がアルバイトしているレストランに、同じ勇者である【田辺　勝彦】が現れた。

そして、渚の前で突然土下座をし、呆然《ぼうぜん》とする彼女の前で『頼む、一条！　何も言わず金を貸してくれ!!』などと言いだした。

詳しく追及すると、『一攫千金《いっかくせんきん》を狙ってカジノに入ったのはよかったが、有り金全部溶かしたんだぁ!!　あの女、イカサマやってるとしか思えないほど勝ちまくりやがって、明日からどう生活していいのか……』とのことだ。

傭兵ギルドに登録し、しばらく護衛などの仕事に就いていたかと思えば、カジノで有り金を使い果たし面倒事を持ってきたのである。

当然だが、渚が勝彦に付き合ってやる義理はなく、金を貸すことは断った。

しかし、よりにもよって勤めている店の中で『俺を捨てないでくれぇ!!』などと叫びだした。客が大勢見ている前でだ。

このような出来事から紆余曲折《うよきょくせつ》を経て、当面の生活費を稼ぐためにアーハンの村に来たのだった。

怒りの衝動に駆られた渚は、暢気《のんき》に魔石を拾っている勝彦の後頭部に無言で蹴りを入れる。

「いでぇ!!　なにすんだぁ、一条!!」

「黙りなさい、クズ！　人の職場にいきなり現れて、大勢人がいる前であんな真似をして……。思い出すだけで腹が立つわ‼」

「何度も謝っただろ、執念深いぞ！」

「うるさい！　あんたに『ナギサちゃん……あんな男との関係は早めに切ったほうがいいよ。絶対に人生を棒に振ることになるから』なんて店長に言われた私の気持ちが分かるかぁ‼」

「いいじゃないか、同じ勇者仲間だろ？」

「ふざけんなぁ、あんたと恋人同士と思われた私の身にもなれ‼　死にたくなったわよ‼」

「そんなにぃ⁉」

勝彦を一言で言うと、考えなしで行動する馬鹿だ。

決して悪い奴ではないのだが、いつも『なんとなく』で行動するためかトラブルを引き起こすことが多く、どうしようもない事態に陥った時だけ他人に頼ろうとする傾向があった。

いや、正確にはどうしようもない事態ばかり引き起こす。

そんな彼とコンビを組まされた理由が、クラス委員だったからというだけのことだった。

渚からしてみれば貧乏くじを引いたようなものだ。

勝彦の存在自体が実に恥ずかしい。

「賭博でお金を擦ったのは自業自得でしょ。私、関係ないわよね？　あんた、私に何か言うことはないの？」

「こうしてダンジョンに付き合ってくれているのは感謝しているぞ？」

「とても感謝しているようには見えないわよ。私はあんたの何？　都合が悪い時にだけ頼る何でも屋？」

「委員長なんだから当然じゃないのか？」

「好きでクラス委員になったわけじゃないし、この世界でもそんな肩書を押しつけないでっ！」

どうも勝彦の中では『クラス委員』＝『いつでも助けてくれる便利屋』の図式ができているようだ。その認識は召喚されてから現在まで変わることがない。

「私は自分のことだけで精一杯なの！　なんで、あんたの面倒まで見なくちゃならないのよ。冗談じゃないわ！」

「そんなこと言って、なんだかんだ言いながら付き合ってくれるじゃん。ひょっとして俺にＬｏｖｅ？」

「……………気持ちの悪いこと言わないでくれる？　吐き気がするわ。鏡の前で三時間ぐらい言葉の意味を考えてから言いなさいよ」

「ひ、酷《ひど》い!?」

もの凄《すご》く嫌そうな顔で侮蔑《ぶべつ》の言葉を吐き捨てられては、さすがの勝彦も『あれ？　俺……もしかして凄く迷惑だった？　嫌われてる？』と思い始めた。

気付くのが遅すぎる。

「賭博で一攫千金なんて、普通に考えて無理でしょ。この世界の文化だと、カジノを開く側も荒稼ぎされないように手を打っているもんでしょ」

「店側もイカサマしてんのか!?」

「当然でしょ？　レストランでウェイトレスしてると、そうした情報はすぐに入ってくるのよ。

まぁ、中にはイカサマを叩《たた》き潰《つぶ》す博徒もいるようだけど、素人が賭け事で大儲《おおもう》けしようとするのは間違いだわ」

「なんで早く言ってくれないんだよぉ!!」

「あんたの都合なんて知らないわよ、勝手に負けてきただけじゃない」

渚の言っていることは正しい。

勝彦は意気込んで自らカジノに入り、勝手に金をつぎ込んでボロ負けしただけだ。

そこに彼女を巻き込むなど大間違いである。

「ハァ～……あんた、女にも気をつけなさいよ？　変な女に手を出して、『子供ができたから責任を取れ』なんて言われるかもしれないわ」

「え～？　別に娼館《しょうかん》くらい行ってもいいじゃん」

「その手の店は裏社会の人が牛耳ってるんだけど……。弱みを無理やり作って脅迫なんて、よくある手口じゃない。DNA鑑定がないこの世界で、子供の親が誰なのかなんて判別できないのよ？　いつまでも地球の常識にとらわれていると後で泣くことになるわ」

「確かに、それは……嫌だな」

「勇者なんて肩書は意味がないと思いなさい」

こうして常識を教えても、勝彦はまたトラブルを引き起こす。

不毛だとは分かっているのだが、言わずにはいられない渚だった。

「なぁ、そこまで親身に忠告してくれるのって、やっぱり俺にLove？　一条ってツンデレ？」

「自惚《うぬぼ》れも、そこまで来ると立派ね…………死ねばいいのに」

「すみませんでしたぁ!!」

ゴミを見るような視線を向ける渚に、勝彦は本日何度目かの土下座をした。

この日、勝彦は自分が渚に本気で嫌われているのだと知ったのだった。

遅いくらいである。

その後、二人は魔石を回収し、第三階層へと下りていった。

◇　◇　◇　◇　◇　◇

坑道ダンジョン、第三階層。

現在、勇者である勝彦と渚は魔物と戦闘中。

二人はメーティス聖法神国にあるダンジョン【試練の迷宮】に何度も挑みレベルを上げていたので、傭兵達よりもダンジョンの構造に詳しく、そして慣れていた。

地下世界である坑道ダンジョン内に広大なエリアが広がっていたとしても、二人が驚くようなことはない。

彼等は召喚前の世界にてテレビゲームもやっていたため、罠《わな》の知識なども豊富だ。

ゲーム知識をリアルファンタジー世界で検証したと言い換えるべきか。

架空の知識が通用する世界で充分な成果を出すことができていたが、勇者達の精神面はどこか現実と虚構の線引きが曖昧であった。

渚はいち早く現実とゲーム世界の差異に気付き、環境に適応しようと動いたが、勝彦はその逆だ。

戦争で仲間が半数死んでいったというのに、いまだにゲーム感覚が抜けきらない。いつまでもその感覚に身を委ねているのは危険である。

彼女が勝彦に忠告しているのも恋愛感情からではなく、これ以上仲間が死んでいくのを見たくないという優しさからなのだが、しかし勝彦がそこに気付けるかどうかは別の問題だった。

「【ファイアーボール】！」

魔法を使いコボルトを倒した勝彦は、渚が見ていられないほどの浮かれ具合だった。

メーティス聖法神国では魔法の使用は禁忌とされており、勝彦は勇者として召喚されても魔法が使えないことが不満だった。魔導士であった同じ勇者の【風間《かざま》　卓実《たくみ》】を羨《うらや》んだほどである。

しかしながら、ソリステア魔法王国にて魔法スクロールを使い覚えて以降、勝彦は調子に乗っていた。乗りまくっていた。

逆に渚は魔法の危険性に真剣に向き合っている。

「いやぁ～、魔法って最高！　ザコを簡単に倒せるし、ほんと便利♪」

「あんたねぇ……調子に乗るのもいい加減にしなさいよ。私達はメーティス聖法神国側の人間なんだからね。もし魔法を使っているところを神官の誰かに見られでもしたら、暗殺者くらい送り込んでくるかもしれないわ」

「えっ？　いや、でもさぁ～刺客を差し向けてきても俺達なら楽勝だろ」

「……暗殺者が真っ向勝負を挑んでくるわけないじゃない。知らないところで動かれたら防ぎようがないわよ」

「一条は心配性だな。ダイジョブ、ダイジョブ」

メーティス聖法神国は魔法の存在を疎《うと》んでいる。

神聖魔法のみを絶対視しており、魔導士が使う魔法を執拗《しつよう》に排除しようと動いていた。

勇者で唯一魔導士であった【風間　卓実】を冷遇していたことから見ても、魔法に対する拒絶感はかなり高く、仮に二人が魔法を覚えたことを知られると、メーティス聖法神国が暗殺者を送り込んでくる可能性は充分に考えられる。

渚は勝彦ほど楽観視していない。

「熟睡している最中に狙われたら？　護衛していた相手が殺し屋だったら？　宿の料理人に紛れ込んでいるかもしれないわよ？」

「いやいや、他国に暗殺者を送り込むなんて、そんなことできるはずが……」

「ないと言い切れるの？　私達って事実上は脱走者なのよ。もう少し警戒しなさい」

「………………」

二人は以前、ある魔導士からメーティス聖法神国――四神教に対する疑念を教えられた。

勇者召喚時のエネルギー問題とその弊害や、四神と邪神の正体。

公に知られればメーティス聖法神国の立場はなくなる。

また、その時に神官が魔導士を攻撃したことから、メーティス聖法神国に身を置いていては危険だと察した。

そのような経緯から二人はソリステア魔法王国に留《とど》まっている。

何よりこの国は住みやすかった。

「今は、なんだかんだと理由をつけてこの国に滞在しているけど、たぶん向こうは不審に思っているんじゃないかしらね。それに勢いで魔法を覚えちゃったし……」

「あ～……魔法程度でなんで躍起になるんかね。俺にとっては迷惑ぅ～」

【風間　卓実】を冷遇していた国だ。今の二人をメーティス聖法神国が受け入れるとは思えない。

「一緒に来た神官達もこの国にいるだろ。あいつらも信用できないのか？」

「話の最中にゼロスさんを攻撃したのよ？　私達に余計な情報を与えないのが、あの国の方針なのよ。でも、既にあの人達も余計なことを知っちゃったから、国に戻れないのよね……」

神官がゼロスを襲ったのは魔導士に対する敵愾心《てきがいしん》の結果だが、渚達に随行した一般の神官達でさえそういった面を持っていた。余計な真実を知ったがゆえに国に帰れなくなったからといって、決して安心することはできない。

裏切る可能性もあれば、家族を人質に脅迫され暗殺に手を貸すということも充分に考えられる。

追っ手の手引きをするために油断を誘うなど、暗殺の手口などいくらでもあるのだ。

大国を敵に回すとはそれほど厄介なのである。

「バレたらどんな手を使っても抹殺、か……。あんまり不安を煽《あお》るようなことを言わないでくれよぉ～」

「自重してほしいだけよ……。あんた、馬鹿だから」

「いや、でも魔法だぞ？　異世界に来たら使ってみたいじゃん」

「そうやって浮かれていればいいわよ。それで背後から刺されても、私は知らないから」

渚は正直、今を生きることで精一杯なのだ。

それなのに勝彦は問題ばかり持ってくるため、内心では既に嫌気がさしていた。

正直に言えば、『もう、見捨ててもいいか』とすら思っている。

彼女の優しさも無限ではないのだ。

「……足を引っ張られる前にアルトム皇国に行くべきかしら？　向こうには姫島《ひめじま》さん達もいるし」

「アルトム皇国って敵国じゃん。なんで姫島が……裏切ったのか⁉」

「ゼロスさんの話だと、向こうで黒い羽根の将軍に戦いを挑んで負けて、捕まったらしいわ。あと、風間君も生きてたみたい」

「はぁ⁉　風間のヤツ、生きてたの⁉」

死んだと思っていた仲間が生きていたことは嬉《うれ》しいが、状況が喜べない。

「神薙《かんなぎ》君達も裏切ったみたいね。好待遇で受け入れられたみたい」

「なんで一条がそんな情報を知ってんだよ」

「ゼロスさんに聞いたんだけど？　たまたまあの人が店で食事をしていて、教えてもらったわ。あと、風間君はロリコンでドMに覚醒したとも聞いたわね」

「ロリコンなのは知っていたが、ドMに覚醒しただとぉ⁉」

「神薙君達にボコられている時、痛覚耐性Mａｘで一気に覚醒したらしいわ。あと、アルトム皇国の合法ロリ姫様とラブラブだとか……」

「男にボコられてもＯＫ⁉　まさに変態紳士ぃ！」

そして別の意味で喜べない状況も発生していた。

「最後の情報が衝撃だ……。なんで変態紳士に彼女ができんだよぉ、俺だってまだなのに……」

「あんた、風間君がロリコンなのは知っていたのね。そっちのほうが意外だわ」

「まぁ、アイツとはラノベの話で盛り上がったからな。ただ、ヒロインがロリっ子か合法ロリのも

のばかりチョイスしていたから、自然と気付いちまった」

「この国から出るとしても、逃げる先はアルトム皇国になるかしら」

「変態紳士の仲間と思われるのも嫌だなぁ〜……」

「安心しなさい。あんたは風間君と同類だから、今さら取り繕おうとしても無駄よ」

「嘘《うそ》ぉ〜ん!? 俺、皆からそんな認識を持たれてんの!?」

若干のオタク気質はあるものの、勝彦は自分がまともな部類だと思っていた。

しかし、渚の言葉でそれが間違いだと突きつけられる。

「あんたの行動をよく考えてみなさい。娼館通いはする、博打《ばくち》はする。ナンパもするし、浪費癖も治らない……。普通に考えてロクデナシよね？」

「うっ!?」

「しかも、そのどれにも有り金全部つぎ込んで、お金がなくなったら他人から借りて返さない。これをクズと言わずして何て言うのかしら？」

「うぅっ!?」

「そこで反省するならまだしも、経験を生かさないどころか同じことを何度も繰り返す。学習するという言葉が頭の中にあるんですかぁ〜？　どうなのよ」

「……俺、泣いてもいいかな？」

「勝手に泣けば？　それで現実が変わると思っているの？　あんた自身が変わろうと努力しない限り、クズはどこまでいってもクズのままよ」

ボロクソに言われるままの勝彦。

だが、実際に渚の言う通りであり、現在進行形で被害者の渚にはそれを言う権利がある。

涙目で恨みがましい視線を向ける勝彦だが、自業自得なのだから仕方がない。

そんな彼を無視し、渚は三階層の森を進む。


――DoGoooooooooooooN!!


突如として前方から響いてきた爆発音。

「な、なんだぁ!?」

「魔法攻撃のようね。森の中で爆発するような魔法は危険だと思うけど、それほどの魔物がいたのかしら？」

この時、二人はまだ緊急事態が起きていることに気付いていなかった。

傭兵が獲物と戦っているところに横やりを入れるのはマナー違反なので、自分達がいることで邪魔になることを考慮し、傭兵ギルドの規定に従って二人はその場を離れようとする。

だが、二人が目にしたのは森の先から十人単位の傭兵達が慌ててこちらに向かってくる姿だった。

「お前ら、逃げろ!!　サハギンの群れが……」

「「えっ？」」

警告をした傭兵は二人を無視して走り去っていく。

そして、奥から次々と姿を現す半魚人の群れ。

「半魚人……か」

「やっぱり、こいつに付き合うんじゃなかったわ……。この、サゲ○ン野郎」

「一条さんっ!? 言葉の使い方がお下品なんですけどぉ!?」

渚は面倒事を押しつけられる不満からグレていた。

なぜにこうもトラブルに巻き込まれるのか、世の不条理と隣の勝彦を呪いつつ、腰に吊《つ》るした剣に手を当てる。

「ギョアアアァァァアァッ!!」

「邪魔よ!」

渚は剣に魔力を集め、常人離れした速度で抜剣。

剣に乗せられた魔力が鋭い刃《やいば》と化し、群がるサハギンを一気に十体斬り殺した。

「お、おっかねぇ～……」

「あんたも戦いなさいよ! そもそも生活費を稼ぐために来たんでしょ、ちょうどいいじゃない」

「半魚人の魔石って、生臭そうなんだよなぁ～……【飛斬】!」

剣技である飛斬は、先ほど渚が使った技である。

剣という媒体に魔力を流して凝縮し、剣を振るうと同時に見えない刃で敵を斬り裂く。

普通なら魔物一体を倒すだけで効果が切れるのだが、魔力の高い者であればその有効範囲が広がり、複数の敵を倒すことができる。

勝彦はこの飛斬で周囲の木々ごと一度に十五体のサハギンを倒す。

「刺身になりたい奴は前に出ろ。今ならサービスでなめろうにしてやんぜ」

「……あんた、半魚人を食べるの？」

「食わねぇよぉ!?」

サハギン達は強敵が出現したことに警戒し、二人の周りを囲むように動く。

サハギンは別名『海のゴブリン』と呼ばれており、獲物を囲み一斉に襲うといった集団戦を好む性質がある。

だが、それはあくまでも弱い獲物か、あるいは多少手強《てごわ》い程度の獲物に対してだ。

相手が強いと分かれば真っ先に逃げ出すところもゴブリンと同じだが、唯一の違いは状況判断の遅さにある。ゴブリンは一定数の仲間が倒されることで撤退行動に移るのだが、サハギンの場合は仲間の半数以上が倒されなければ逃走しない。

地上では彼等の動きは制限されるにもかかわらず、なぜ自分達が不利なのかを理解できない。認識力が低いのである。

「うっわ、弱小モンスターはやることが同じだな」

「地上だと動きが鈍いし、ゴブリンのほうがよっぽど面倒だわ。集団で来られたらタチが悪いし」

「さっさと倒しちまおうぜ。サハギンの魔石なら、そこそこの値段で売れそうだしな」

「ハァ～……生臭くなりそうで嫌なんだけど」

囲むサハギンに勝彦は臆せず斬りかかり、一方的に殺していった。

サハギンは反撃しようにも思うように動けず、振りかざす槍《やり》が仲間を傷つけるだけで終わり、その合間にも勝彦によって蹂躙《じゅうりん》されていく。

ここまでくるとさすがに不利と悟ったのか、背中を向けて逃げ出すサハギンも出始める。

しかし、魚そのものの体に手足が生えた異形は、人間のような直立姿勢よりもバランスが悪く、激しく振られる尾の慣性力にバランスが崩され、この場から走り去ることができない。

そんなサハギンの後ろ姿に渚も思わず笑いがこみあげるほど、彼等の動きはコミカルだった。

『あの馬鹿一人だけでも決着はつけられそうね。なら、私は魔石の回収でもしようかしら。粘液の臭いが服に移ったら洗濯に困るし』

サハギンは地上に上がる時、体が乾燥しないよう鱗《うろこ》の隙間《すきま》から粘液を出して包み込む。

この粘液がムチンなのかは分からないが、とにかくドブのように臭いのだ。

服に付着したらしばらくは悪臭が取れることがない。

それなら、ダンジョンがサハギンの身体を吸収するまで待てばよい。

必ず魔石だけは残されるのだから。

「いやぁ〜、大漁、大漁……いや、大量か？」

「ちょっと、臭うから近づかないでくれる？　服に移ったらどうしてくれんのよ」

「ひでぇ!?　俺、一人で頑張ったよな？　それなのにこの仕打ち……」

「雑魚を全滅させたくらいで、何を偉そうに。ダンジョンに来ることになったのも、元をただせばあんたが原因じゃない。生活費を稼ぐのもあんたなんだから、死ぬ気で戦うのは当たり前でしょ！むしろ死ね！」

勝彦に対して容赦がない渚。

まぁ、大勢の目がある場所で大恥をかかされたのだから、冷たくなるのも当然である。

反省せずに開き直っている勝彦に問題がある。

「……さーせん。それにしてもさ、ダンジョンに来るたびに思うんだが、なんで魔石だけ残して死体が消えるんだ？　解体する前に消えられると素材が採れなくて困るんだが」

「（こいつ、謝る気がないわね）別にどうでもいいでしょ、魔石を売るだけでもお金になるんだし、解体がしたければ手早くやることね」

「俺、解体スキルのレベルが低いんですけど。一条はそこそこ高かったよな？　手伝ってくれないのか？」

「なんで？」

「いや、なんでって……」

渚はここにきて、勝彦がまだ自分に頼ろうとしていることに殺意を覚えた。

その感情が顔に出ていたのか、言葉を続けられずに押し黙る勝彦。自分の身の危険にはえらく過敏に反応するようだ。

「私が解体スキルのレベルが高いのは、厨房《ちゅうぼう》で肉や魚を捌《さば》いているからよ。それがどうかした？」

「あの……なんでそんなに怒っていらっしゃるのかなぁ～と」

「怒りたくもなるわよね？　そもそも、私がダンジョンなんかに来る羽目になったのは誰のせい？　何度も言っているのに同じことを繰り返して、その腐りきった脳みそでよく考えてみなさいよ、ねぇ？」

「まぁ、俺の……せい、だな……」

「それなのに解体を手伝えって？　あんた、何様のつもりなの？」

「うっ……」

話を逸《そ》らしてなお自ら墓穴を掘る。

それが田辺クオリティ。

「私はダンジョンにまで付き合っているけど、あんたのために働こうとは思わないの。その意味、わ・か・る・わ・よ・ね？」

「ハイ……モウシワケアリマセン」

「今度ふざけたことをほざいたら刺すわよ。本気でね」

分が悪いと思ったのか、勝彦はこれ以上何も喋《しゃべ》らなかった。

だが渚は知っている。これで勝彦が反省するわけがないことを。

十分もすれば同じことを繰り返す本物の馬鹿なのだと。

◇　◇　◇　◇　◇　◇

渚達がサハギンの群れを倒していた頃、ゼロス達一行は湖畔を通り勇者二人組と入れ違うように、来たルートを戻っていた。

湖畔フィールドの一番端である断崖を辿《たど》るように進んでいたが、ここにきてゼロスは違和感を覚える。

「おかしい……」

「おっさん、それって顔のことか？」

「おかしいんだよねぇ……」

「もしかして、頭って意味かも？　確かにおっさんはおかしいよなぁ〜、やっと気付いてくれたんだ」

「エロムラ君じゃあるまいし、そんなわけないじゃないか」

「酷い！」

『『どっちもどっちだと思う……』』

ゼロスの疑問は、来る時に通ったフィールドの入り口が見当たらないことだ。

三階層の湖畔エリアへは、縦五メートルくらいの亀裂のような坑道を下って辿り着いたのだが、その坑道が綺麗さっぱりと消えていたのだ。

つまりこの湖畔エリアに侵入した後に塞《ふさ》がったことになる。

「ツヴェイト君……。三階層に辿り着いた時、このあたりに入り口があったよねぇ？」

「俺の記憶だと、確かにあったな……。周囲の光景にも見覚えがある」

「先生、嫌な予感がするのですが……。もしかして私達………」

「……ダンジョン内に閉じ込められたかな？」

「「……っ!?」」

常に変化し続けるダンジョンでは、稀《まれ》に内部に閉じ込められるケースがある。

だが、ダンジョンが侵入者を呼び込む性質がある以上、必ず脱出できる道や仕掛けが残されていることが多い。

特に地下に広がるフィールドタイプのエリアが複数存在するダンジョンでは、侵入者を簡単には殺さないようになっている。侵入者の手により内部で繁殖させている魔物を倒してもらうためだ。

ダンジョンにとって繁殖させている魔物と侵入者は同じ餌でしかなく、むしろ内部の魔物を倒してもらったほうがより多くのエネルギーを吸収できる。

そのための餌として様々な宝物や希少な資源を生み出していた。資源や宝狙いの傭兵達は、ダンジョンにとって益獣扱いと例えてもよいだろう。

「……と、まぁ、そんな理由から出口は必ずどこかにあるはずなんだが……。さて、どこにあるのかねぇ？」

「師匠が慌てていない理由はそれか」

「けどさぁ、おっさん。その出口がどこにあるのか分からないんじゃ、最悪何日もここでサバイバル生活になるんじゃね？」

「大丈夫だ、問題ない」

「「アンタはなっ!!」」

この世界の魔境であるファーフラン大深緑地帯で一週間も生き延びたゼロスにとって、ダンジョンに閉じ込められた程度では慌てる理由にならず、落ち着き払っていた。

その姿はツヴェイト達に凄く頼もしそうに映っていたりする。

「出口が消えたとしても、どこかに必ず出現しているんだろ？　なら周囲を隈《くま》なく探索してみる必要があるな、師匠……」

「そうなるね。ただ、この分だと第二階層も変化していると見るべきだろう。構造だけの変化か、あるいは拡張されたのか、どちらにしても慎重な行動が求められる」

「ですが先生、ここの湖畔フィールドだけでも広大ですよ？　どこから探索すればよいのか……」

「セオリー的には、まずは外周の岸壁を調査するって感じかな？　あとは周囲の森の中に奇妙なものが出現していないか探して、最後は湖中央に浮上してきた島が順当だろ」

「「エロムラ（君・さん）がまともなことを言った!?」」

「失礼だなぁ!?」


――ZUZZZZZZZZZZZZZZZZZZZZZ！


ダンジョンの変化を示す地鳴りが、ゼロス達から近い場所で響き渡る。

距離的にもさほど遠くないように思えたが、同時に落石のような音も混ざり聞こえてきた。何かが起きていると直感する。

「（ま、まさか……）【闇鳥《やみどり》の翼《つばさ》】！」

近くから響いてきた地鳴りに思うところがあったのか、ゼロスは咄嗟《とっさ》に飛行魔法で木々よりも高く飛び上がると、上空から周囲の様子を調べた。

そして、自分達のいる場所から少し離れたところの岸壁に、明らかに人工物を思わせる石造建築物を発見する。

『あれが上階層への道か、あるいは下階層への道かは分からないが……調べる必要がありそうだねぇ。う～ん、どうするべきか……』

新たに生まれたルートは、上階層か下階層のどちらかに続いていると思われる。

地上に続くルートであるならいいが、下の階層へ進むルートであった場合は探索後に戻らなければならず、手間が増えることになる。

『よし、ここはツヴェイト君に判断を任せよう。僕やエロムラ君もついていることだし、下階層に進んだとしてもなんとか戻ってこられるだろう』

おっさんは、これも修業だと調査の是非の判断をツヴェイトに丸投げすることを決め、ゆっくりと地上へ降りる。

「師匠、急に飛んでどうしたんだよ」

「どうやら、北側の断崖に建造物のようなものが出現したようでねぇ、これで調査する候補地が二ヶ所になったわけだ」

「二ヶ所……か、湖の中央に出現した神殿と、断崖の建造物……」

「ツヴェイト君としてはどちらを選ぶ？　まだ周辺を調査したいというのであれば、建造物の調査は保留にして探索を続行するけど」

「……いや、断崖の建造物を調査しようと思う。ここから近いんだろ？」

「歩いて三キロメートルくらいだからすぐさ」

探索するにしても、何もない場所をやみくもに歩き回るより、目に見える怪しい場所を調査したほうがいいとツヴェイトは考えた。

彼はなかなかに決断が早い。

「なら、さっそく先生の見つけた建造物の場所に向かいましょう。案内をよろしくお願いします」

「ここから断崖沿いに進むだけだから、迷うことはないよ」

「湖の神殿ぽい場所は？」

「あそこは……俺的には下階層へ行くルートだと思っている。確かめたいならエロムラが行くか？」

「やめとく……。もし、奴等と鉢合わせなんかしたら……」

ときおり何かを思い出しては怯《おび》えるエロムラを不審に思いつつも、一行はゼロスが見つけた建造物へと足を進めた。

薬草などを採取し、談笑を交えながら移動していたので、目的地に辿り着いた頃には一時間ほど経過していた。

そして謎の建造物の前で四人が見たものは――。

「「「「…………」」」」

――それはいわゆる墓所というべきものであった。

中央入り口の左右を挟むように石像が三体ずつ対に並べられ、古代文明の遺跡のような外観をしていた。ただし見た目にもこの入り口は凄く異様だった。

「……これって、アブ・シンベル神殿に様式が似てるなぁ～」

「師匠、建築様式よりも先にこの彫像だろ。これを見て何とも思わないのか？」

「この石像は、埋葬されている王様を模したものなのでしょうか？　でも……」

「……俺、凄く嫌な予感がしてきた」

その建造物は、ゼロスやエロムラが知るエジプトの神殿に酷似していた。

岩壁を掘り抜いた石像は高さが約十メートル近くあり、その姿はどこから見ても古代エジプトの王様を思わせる。

この世界にも似た文明があったのかは分からないが、問題は六体の台座に座る像の全てが、妙になまめかしいポーズをとっていることだ。

『なんだ……。この建造物を作った文明は、オネェが王様だったってことなのかい？』

得体の知れない異様な何かを感じつつ、四人は奥へと進んでいった。

第十話　おっさん、異様な存在と遭遇する

ダンジョン内の変化に気付いていない【田辺《たなべ》　勝彦《かつひこ》】と【一条《いちじょう》　渚《なぎさ》】は、サハギンの群れを倒して魔石を回収した後、湖の畔《ほとり》に辿《たど》り着いていた。

澄んだ水を湛《たた》えた湖を見て、『綺麗《きれい》……まるで、鏡のよう……』と詩的に呟《つぶや》いた渚に対し、勝彦は『一条、水着持ってきてない？　こう、ハイレグなやつ。際どいの着て俺と今からバカンスしようぜ』など情緒のない発言をし、思いっきり彼女に蹴り飛ばされた。

渚は勝彦と二人きりのバカンスなど心底嫌なようである。

その心境を示すかのように、先ほどから彼女は眼鏡を不気味に輝かせながら、勝彦を無言で容赦なく何度も踏みつけ続けていた。

「痛《い》てぇ！　マジで痛いって！　ちょ、なんでそんなに怒ってんだよ！」

「自然情緒あふれる風景を見ても、あんたに感動するような理解力がないって、今さらながらに再確認させられただけよ。せっかくの綺麗な景色もあんたの一言で台無しだわ。田辺がモテない理由って、その無神経で女心の機微も理解しようとしない――いえ、しようとも思わない自己中なところが原因ね。予言するわ。あんたは結婚できても半年で離婚確定、その身勝手さが原因でね」

「俺、そんなに無神経っ!? 将来のことまで予言しちゃうほどにぃ!?」

「………あんたの無神経さは、手の施しようがないほど末期よ。この、サゲ○ン野郎」

「一条さん、言葉遣いがお下品なんですけどぉ!?」

ボロクソに言われまくる勝彦。

そもそも衆目の集まる場所で土下座までして金を借りようとし、妥協案としてダンジョンに渚を引っ張り出しておきながらも、諸悪の根源である勝彦は反省するどころか自分の恥ずかしい現実を既に忘れている。

良く言えばポジティブだが、悪く言えば厚顔無恥で恥知らずなクズだ。

「あんた、猿からやり直したほうがいいと思うわ」

「一応、悪いとは思っているし、反省もしているんですけどぉ!?」

「反省というものはね、次に生かされなくちゃ意味がないのよ。田辺は光の速さで忘れるじゃない。要するに、自分だけが可愛《かわい》くて他人のことなんてどうでもいいのよ」

「光の速さって……俺、そこまで酷《ひど》くねぇと思うんだが……」

「そう思うんだったら、少しでも他人に配慮して迷惑をかけるんじゃないわよ。ただでさえ無責任なダメ人間なのに」

「一条……いつからお前は、そんな性格になったんだよ。以前だったらこう、もっと優しかった気が……」

ダメ人間の典型な言葉だった。

こんなセリフがすぐに出てくる勝彦に対し、渚の感情は極寒の地のように凍《い》てついた。

「ぜ・ん・ぶ、あんたが原因でしょうが！　ここでそのセリフを吐けるのは、それだけあんたが無神経だってことだと自覚しなさい！　あっ、でも無理よね。あんたは今言った私の言葉もすぐに忘れるもの」

「…………」

現在進行形で迷惑をかけられている渚が言うと、説得力に重みが増す。

あまりの迫力と容赦ない叱責《しっせき》。

悪意の込められた言葉に、勝彦は何も言い返すことができなかった。

それは反省しているからではなく、言い返したところでさらに手痛い毒舌が容赦なく返ってくると判断した結果の、要するに我が身可愛さから出た行動だ。

本気で反省しているのであれば、そもそもこのダンジョンに来ることもないのだから。

「……そ、それより水場からは少し離れようぜ。サハギンがいたんだ、奴等が突然水中から襲ってくるかもしれないしさ」

「そうね。あいつらは地上での活動は鈍るけど、水中からだと苦戦は免れないわ。有効な魔法なんて持ってないし、この場を離れるのが適切ね」

「対岸の探索もしたいところだが、俺的には湖中央の島が気になるな」

「いかにもな神殿跡があるし、たぶん何かあるわね」

渚と勝彦の目的は、当面の生活費を稼ぎ出すことにある。

サハギンの魔石を大量にゲットしているが、売ったところで一ヶ月生活できる程度の稼ぎにしかならない。勝彦であれば一週間と保たないだろう。

勝彦の散財力を考慮し、もう少し稼ぎを出しておきたいと思う渚だった。

「中央の島に行くのはいいけど、あの橋は少し……怪しいわ」

「『どうぞ、サハギンに襲われてください』と言われているようなもんだしなぁ～」

「島まで進むには、橋を全力で駆け抜けるしかないわよ。水中から飛び出してくるサハギンの相手なんてしてられないから」

「それは同感」

二人は湖の畔《ほとり》から橋の近くまで移動する。

幸いにも魔物に襲われることはなかったが、ここで渚は橋を見て違和感を覚えた。

『この橋……建築様式的には古代のものみたいに見えるけど、まるで経年変化が感じられないのは気のせい？　普通は苔《こけ》や草が石畳の隙間《すきま》から生えているものじゃないの？　それが一切ないということは、この橋は最近になってできたってことかしら』

そう、橋が古代の遺物であると見るのであれば、重なり合った石材の隙間から草が生えているとか、湖面に浸《つ》かった石材にも苔が繁殖していなければおかしい。

この橋はあまりにも綺麗すぎた。

「……田辺、気付いてる？」

「なにが？」

「この橋、綺麗すぎるわ。たぶん、最近になって出現したと考えるべきね」

「つまり、未開エリアってことか？　なら、お宝にも期待が持てそうだな」

「…………………宝箱の罠《わな》に引っかかって死ねばいいのに」

「ナチュラルに人を呪うの、やめてくんない!? それより、ここからは島まで全力疾走だ」

「湖には要注意ね、じゃあ……」

「行くぞ！」

二人は橋を全力で走り、湖中央の島を目指す。

やはりというべきか、水中に生息するサハギンに見つかり、湖面から飛び上がりざまに口から吐きだす【水弾】の集中砲火を受けることになった。

「うぉおおおおぉぉっ!? と、止まるんじゃねぇぞ！ 俺達の進む先にお宝はある!! だから一条、お前も止まるんじゃねぇぞぉ!!」

『……なに仕切ってんのよ、この馬鹿』

降り注ぐ水弾をくぐり抜け、二人はやっと湖中央の島へと辿り着いたのであった。

◇　◇　◇　◇　◇　◇

勇者二人が島に向かって走っていた頃、ゼロス達もまた古代遺跡風の構造に変化したダンジョンを探索していた。

ギザのピラミッドのような傾斜路を上がり終えた先に広がっていたのは、均等に切り出された石を積み上げて建築された巨大迷路。ご丁寧に木製の扉も見られる。

気分は某３Ｄゲーム。

『職業がサムライじゃないのが残念だ』

新エリアに踏み込んでおきながら、レトロゲーを思い出しつつ場違いな感想を心の中で呟くおっさん。

出てくる魔物もほとんどがミイラ系で、墓場独特の死臭が空気に含まれており、何とも気分は最悪である。

「……うっわ」

思わず声を発したのは、マミーを一刀のもとに斬り捨てたエロムラだった。

マミーとはエジプトなどの博物館で見られる乾燥したミイラのようなアンデッドであり、魔物としては比較的に弱く脆《もろ》い。数は多いがエロムラでも充分に無双できるだろう。

ただ、倒した後に舞い上がる粉塵《ふんじん》には異臭も含まれており、何とも不快な気分にさせられる。

「楽勝だけど、この粉塵をなんとかできないんかね？」

「追いついた……。しかし、この嫌な臭いは」

「ちょっと気持ち悪いですね……」

「まぁ、人型の魔物から発生した体組織の粉塵だしねぇ……。マミーが元々人間だったかどうかは知らんけど、これが皮膚だったらフケを吸い込んでいるようなもんだよ」

「「「うっ!?」」」

粉塵が皮膚ならば、それはタンパク質であるということだ。

舞い上がる粉塵を例えるのであれば、密閉された空間に不潔な人間を押し込め、全員で頭を掻《か》きむしり頭皮を舞い上がらせているようなものである。

そんな説明を聞かされたツヴェイトとセレスティーナは、もの凄《すご》く嫌そうな顔をゼロスに向ける。

「この粉塵……異臭だけでなく麻痺《まひ》効果もある。防塵《ぼうじん》マスクを用意しておくべきだったねぇ……」

マミーは基本的に弱い。

しかし、その体には麻痺効果や毒の効果を持つ成分が含まれており、倒されることで相手を弱体化させ、時間をかけて生物を殺すのである。

倒し続けることでこちらが不利に陥る搦《から》め手《て》の魔物で、マミーによって殺された者はゾンビとなり迷宮内をさまようことになる。密閉空間では分が悪い。

このマミーを倒すことで舞い上がる粉塵は、【ゾンビパウダー】とも呼ばれており、呪術師がゾンビやキョンシーを生み出すための媒体として使うのである。

「セレスティーナが麻痺解除のポーションを調合してくれていて助かったな。エロムラが無差別攻撃を続けていたら、俺達が動けなくなっていたぞ」

「何がダンジョン内で役に立つか分かりませんね」

「備えあれば憂いなしだよねぇ」

「……すまん。早くこの場から離れたくて、つい……。けどさ、おっさんが魔法でこいつらを焼いたほうが早くね？　俺だけでも掃討できるけど、数が多すぎて正直めんどい」

マミーの弱点は基本的に火である。

エロムラの言うことも一理あるのだが、マミーの大群の中で炎を使えば大炎上に巻き込まれるのは確実で、密閉された空間では酸欠になって死亡しかねない。

部屋によっては一方通行などの箇所もあるのだ。

「エロムラ君や、ここでそんな火を使ったら全員が酸欠だよ？　状況を考えようよ」

「じゃぁ、どうすんだよ……」

「地道にエロムラ君が処理していくしかないでしょ。簡単なお仕事だろ？　ツヴェイト君も戦っているんだし、護衛の仕事をちゃんと全うしようよ。僕に頼りきりじゃ何も学べないしね」

「嘘《うそ》だろぉ!?」

「師匠は本気で戦わないのかよ」

「やる気が全くないんですね……」

「アンデッドの相手は飽きたんだよ。しばらくは見たくない」

おっさん、個人的な理由から戦闘放棄。

確かにマミーは弱くツヴェイト達でも充分に対応可能だが、アンデッドは共通して生者に誘引されるという特性がある。今は楽に排除できているが、時間をかけるごとに数は増えていき、やがて対処できない数に取り囲まれることになる。

「同志、ぼやぼやしてる時間はないぞ。雑魚だけど放置すれば数が増える一方だからな。いっけぇ、【裂空斬《れっくうざん》】！」

「残骸と舞い散る粉塵がきついんだが？」

やる気のないゼロスを除き、ツヴェイト達はマミーの処理作業を始めた。

このマミーが元人間の遺体かどうかはともかくとして、粉砕された残骸からは何ともいえない異臭が漂い、破砕作業をすればするほど臭いが辛《つら》くなってくる。

しかも舞い上がる粉塵が目の中に入り涙が止まらない。

地味に嫌な追加効果だった。

「おっさん、ゴーグルとかはないの？　粉塵で視界が遮られるし、目が痛いし……」

「ダイアモンドダストで凍らせるって手段もあるけど、地面も凍るから滑りやすくなるんだよねぇ。先を急ぐなら我慢するしかないんじゃね？」

『『ええ～～～っ……』』

石畳の地面は凍らせると滑りやすくなる。

ダンジョン探索では、常に冷静な判断力を持つことが最も重要なのである。

戦う手法の選択次第では不利になる状況もあるので、おっさんはそこはかとなく答えのヒントを混ぜ、わざと軽口をたたく。

『さて、この状況で誰が一番早く気付くかな？』

おっさんは性格的にドSだ。

様々な状況下で有効な戦略を立てられなければ、とてもダンジョンでは生き残れないことを知っており、ツヴェイト達にゼロスという安全保障がない場所での対処法を自ら導き出すいい訓練にもなると、ちゃっかりこの状況を利用している。

いや、この状況でもマミーの集団を利用しようと考えつくあたり、おっさんはかなり性格が悪いといえるだろう。

「ほらほら、ぼやぼやしない。時間がないんだからさぁ～。こうしている間にも隣の部屋からマミー達の増援が来るかもしれないよ？」

「お、おう……」

「分かってはいるのですが……」

マミーはセレスティーナでも倒せる。

何しろ動きが緩慢で一方的に攻撃を与えることができるので、比較的に楽な作業だ。

だが、マミーを一撃で葬るには胸骨の内側にある核を砕かねばならず、確実に急所狙いで倒さねばならなかった。

いくら弱いとはいえ、何度も弱点を狙い続けられるわけがない。

「ご、【剛撃《ごうげき》】！」

【烈破《れっぱ》】!!」

本来であればハンマーやアックスなどで放つ技であるセレスティーナの【剛撃】と、ツヴェイトが放った【裂空斬】の下位版である【烈破】が、複数のマミーを巻き込み粉砕した。

『『『アァ゛アァア……』』』

アンデッドであるマミーは核が体のどこかに存在し、核を破壊されない限り活動する性質がある。

ツヴェイト達が倒したマミーも、腕や足などに核を持つものはしぶとく動き続け、生者を襲おうとする。体に巻かれた包帯を操り獲物を捕獲しようと本能だけで動くのだ。

放置するのも危険なので粉々に粉砕するのだが、このトドメを刺す作業は地味に疲労を蓄積させた。数も多いから精神的にもキツイ。

やみくもに戦っていては、いずれ包帯で身動きを封じられる可能性もある。

「討ち漏らしたら厄介だな。集団で囲まれ包帯で邪魔されかねん」

「頭部がないのに、どうやって人間を認識しているんでしょうか？」

「二人とも冷静だな……。雑魚だから倒すのは楽だけど、俺ちゃんはもう精神的に疲れたよ。単調作業すぎて飽きる」

「周囲に拡散する毒性の微細粉塵……。コレがＰＭ２・５というやつかねぇ、おじさんは健康被害が心配だよ……」

いくら包帯を蠢《うごめ》かせ接近してこようと所詮《しょせん》はマミー。

剣やメイスであっさり駆逐され、ダンジョンに吸収されていった。

要は捕縛包帯と毒粉塵さえ対処し、一撃で複数を蹴散らせばいいだけの話で、ここでは何気にエロムラ君が大活躍を見せていた。

「魔石はどうする？　拾っていくのか？」

「う〜ん、これほど大量だと魔石の相場が値崩れを起こすねぇ。前のゴキちゃん騒ぎでも、中品質の魔石が値崩れを起こしたみたいだったし」

「包帯は何に使えんの？　こんなボロ集めても使い道が分かんねぇ〜」

マミーの魔石は品質も悪く小さい。素材として手に入れられる包帯にも使い道がなく、傭兵《ようへい》にとっては何の旨味《うまみ》もない。

まぁ、錬金術師には小遣い稼ぎにいい素材ではあるが。

「ふぅ、向かってくる奴はこれで片付いたな……」

「先生、この魔石はもしかして、圧縮結合することで品質を上げられるのでしょうか？」

「これだけの数があれば、上品質の魔石が作れるねぇ。包帯も魔力水にしばらく浸《つ》け込んでおくと、【古《いにしえ》の防腐剤】が勝手にできるんだよ。小遣い稼ぎにはもってこいだねぇ」

「師匠、その防腐剤は木工技師に重宝されるのか？」

「包帯の量にもよるだろうけど、防腐剤の濃度が濃いほど重宝される。トレントの素材で作る杖《つえ》なんかに使うと、実に味のある色を出せるんだなぁ～」

一般的にはクズ素材だが、錬金術師や職人など一部の技術者にとっては地味に重宝されているマミーの包帯。この古の防腐剤は、魔導士が使う木製の杖に適度な強度を付与し、魔力の伝導率を引き上げる効果がある。また、魔物の血液と希少金属に混合することにより、革製の防具の性能を引き上げる強化剤に錬成することもできるのだ。

もっとも、ダンジョンの魔物であるマミーからは包帯は切れ端しか得られず、地上で手に入れるにしても古代の遺跡を探査してミイラから回収が必要なため、現実にはかなり希少価値が高かった。

ゲーム世界と現実の違いなのだが、ゼロスはまだそのことに気付いてすらいなかった。

「【エレメントウッドの樹液】や【ドラゴンの血】なんかを混ぜると、ただの木製の杖が最高品質の魔法杖に早変わりさ。再度錬成すると更に効果が上がるんだけどね。使い方は主に長時間浸け込むとか、何度も塗り込むとかが多いな」

「ドワーフの職人が欲しがりそうだ……」

「けどねぇ、防腐剤の抽出に時間がかかるから、かなりの量の包帯が必要になるんだよねぇ。身体に巻かれた包帯だけ奪うのはかなり面倒だよ？」

マミーを倒すと包帯もダンジョンに吸収される。

つまり動いている奴から強引に剥《は》ぎ取り、急いで回収しないとならない。

高価な道具と手早い作業が必要だが、今のところは誰もやろうとは思わない。

「つまり、マミーを脱がすのか……誰得だよ」

「エロムラ君……」

「エロムラ……」

「エロムラさん……」

なんでもそっち関係に話を持っていくエロムラに、三人の冷たい視線がチクチク刺さる。

そうこうしている間に、隣の部屋から再びマミーの集団が現れた。

「アエエエエ……」

「また出てきたぞ」

「さすがにこの数は鬱陶《うっとう》しいよねぇ」

「少し疲れてきました……」

「この微細粉塵がなんとかなればなぁ～……おっさん、なんとかできない？」

ゼロスはもうゾンビやマミーといったアンデッドに飽きている。

戦えばすぐに全滅させることができるが、気分が乗らないのだ。

仕方がないといった風におっさんは溜息《ためいき》を吐《つ》くと、エロムラに向けて最大級の支援魔法をかけることにする。それはエロムラにとって災難だった。

「【メンタル・バースト】、【ゴッドブレス】、【ホーリー・エンチャント】、【ブレイン・バーサーク】、【ウィンド・アーマー】」

「URYYYYYYYYYYYYYYYYYYY!!」

エロムラ、暴走モードに突入。

【メンタル・バースト】で戦意向上と理性の低下を引き起こし、【ゴッドブレス】によって全身体能力が引き上げられ、【ホーリー・エンチャント】で対不死属性を与えられ、【ブレイン・バーサーク】によって超狂戦士化《ハイパーバーサーカー》。

【ウィンド・アーマー】に至っては、微細粉塵塗《まみ》れになることを考慮した、おっさんのささやかな心尽くしだ。

エロムラ君は今、無理やり野生の本能に目覚めさせられ、目につく不浄の敵を全て打ち砕くなんちゃって聖獣と化した。

「グオォオオオオオオオォォォォォォォォオオオォッ!!」

高らかに咆《ほ》えるエロムラ。

その姿は人でありながら獲物を狩る肉食獣のごとく、マミーの群れへと突撃していった。

台風のような凄《すさ》まじい斬撃が飛び交い、マミーが一瞬で残骸と化していく。

そこに人の理性は存在せず、あるのは敵と認識した者を滅ぼす破壊衝動だけであった。

その光景はあまりにも一方的すぎた。

「せ、先生……」

「ひでぇ……。アレはひでぇ……」

「人を超え、獣を超え、勇者を超え、彼は今、不浄を滅ぼす神兵となったのだよ。巻き込まれないように距離を取ろうか」

剣で斬りつけられたマミーは浄化され、斬撃によりマミーもろとも壁ごと粉砕され、暴走させられた自我は不浄の存在のみを確実にロックオンし続ける。

全能力をフル稼働してアンデッドを滅ぼしまくるエロムラ。

そこに、人間性などというものは存在しなかった。

「獣に、野性を縛る首輪はいらないと思うんだ」

「いやいや、あんなんでもエロムラは人間だろぉ!?　なに強引に野獣化させてんだよぉ!!」

「エロムラさん、かわいそう……」

「なら、君達がやってみるかい？　一週間は筋肉痛で動けなくなるかもしれないけど。エロムラ君の体力だからできることなんだけどねぇ」

「「遠慮します」」

ツヴェイトとセレスティーナ、あっさりとエロムラを見捨てる。

そう、おっさんは何もエロムラを虐《いじ》めているわけではない。

体力的な面で付与魔法の重ねがけに耐えられるのはエロムラしかおらず、攻撃力はおっさんを抜きにすると最も高い。公爵家の子息令嬢をバーサークにさせるわけにもいかない。

消去法で結果的に選ばれただけで、そこに悪意は全くないのだ。

「おっと」

余波でこちらに飛んでくる斬撃を剣で迎撃し、おっさん達はエロムラが無秩序に暴れた後を追う。

ただ、舞い上がる微細粉塵だけはどうしようもない。

『喉がカラカラになるねぇ……。二人には気付いてほしかったんだけど』

遺跡型迷路の部屋は狭い。

舞い上がる粉塵は視界を塞《ふさ》ぎ、まるで砂嵐の中を進んでいるような気分にさせられる。しかもタンパク質の嫌な臭いが漂う。

この不快な状況を少しでも良くするため、おっさんは簡単な魔法を使うことにした。

「【ミスト】」

【ミスト】とは、一定の範囲を霧で覆い隠す魔法で、主に撹乱《かくらん》などに用いられる。

なぜこのような魔法を使用したかといえば、魔法によって発生させた霧によって微細粉塵を水の粒子に取り込み床に落下させることで、空気を清浄化させるためだ。

そして、この試みは見事に成功する。

「……ダンジョン内で雨が降るか。なんか、洞窟探検みたいになってきたなぁ〜」

「こんなことができるなら、さっさとやればよかったんじゃないのか？」

「【ミスト】にこんな使い方があるなんて……」

「できれば、君達にいち早く気付いてほしかったんだけどねぇ〜。ツヴェイト君とセレスティーナさんはここへ何のために来たのかな？」

「も、申し訳ありません。まさかミストにこんな使い方があるなんて、思いもしませんでした」

「俺も撹乱程度の魔法という認識だった。簡単な魔法でも限定された状況下では大きな効果があるということか、先入観で物事を見て応用することを見過ごしていたな」

基礎的な魔法も使い方次第では状況を大きく変えることができる。

「今は空気の洗浄と視界確保にミストを使ったけど、放電系の魔法を使えば一気にザコを麻痺させることもできるね。狭い空間での乱戦には有効だよ」

そう言いつつ、ゼロスはインベントリーからレインコートを三着取り出すと、一着は自分が着込み、残り二着をツヴェイトに手渡した。

「これでも着てちょうだい。もう一着は……」

「セレスティーナにだな？」

「天井から水滴が落ちてくるから、必要以上に汚れないようにしよう。麻痺や毒を防ぐだけでなく、後で装備の手入れに苦労するからさ」

ツヴェイトは受け取ったレインコートをセレスティーナに渡し、自分も着込む。

エロムラの姿は既になく、マミーの残骸だけが物悲しく地面に転がっていた。

「諸行無常だねぇ……。兵《つわもの》どもが夢の跡かな？」

「いや、マミーのどこが兵だよ」

「このマミーって、異国の歴史書にあるミイラのことですよね？　明らかに人の手が加えられているのに、どうしてダンジョンに存在しているのでしょうか？」

「それは僕にも分からない。いたんだからしょうがないとしか言えないねぇ」

「んな、いい加減な……」

ゾンビとは、死体に悪意ある魔力――瘴気《しょうき》あるいは残留した怨念《おんねん》が憑依《ひょうい》した魔物であり、魔力濃度の高い地、もしくは多くの人が死んだ瘴気が漂う戦場などで発生しやすい。

マミーも同様だが、明らかに人の手が加えられた死体が動いており、自然界では発生しにくい。ダンジョンがどうやって生み出しているのか謎が残る。

「マミーになる前のミイラはさぁ、死体から内臓などを抜き取って防腐処理をした後、遺体を綺麗にしてから特殊な溶剤を染み込ませた包帯を巻くんだったかな？　当然埋葬するからダンジョン内で大量発生するのはおかしいんだ。どうやって数を増やしたのかねぇ？」

「ダンジョンがミイラ作りをしているとは考えられませんか？」

「お前の言う通りなら、ダンジョンは様々な専門の学者を超える高度な知識と知性を持っているということになるぞ。知性を持つ魔物は確かに存在するが、明らかにそれらを超えているだろ」

「技術が必要な罠が無数に存在しているのですから、充分に考えられるのでは？　アンデッドは繁殖をしませんし、どこかで製造しているとしか……。本当に不思議な場所ですよね」

「不思議に満ち溢《あふ》れたデンジャーフィールド。それがダンジョンなのだよ」

なぜかドヤ顔のおっさん。

しかしながらゼロス自身も、ダンジョンがどのような法則性を持ってフィールドを形成し、正体不明の魔物を増やしているのかまでは知らない。

知識という点ではツヴェイト達とあまり変わりがなかった。

「エロムラさん、どこまで行ってしまったのでしょう……」

「あの強さで更に暴走までしてたからな、かなり先にまで進んでいるんじゃないのか？」

「マミーの残骸を辿ればすぐに合流できるから、楽でいいねぇ」

『『いや、暴走した原因はアンタ（先生）だろ（じゃないですか……）』』

エロムラの犠牲により、先へと進む道のりは比較的に楽だった。

おっさんは全く気にしていなかったが、ツヴェイトとセレスティーナは複雑な気分を引きずりつつ、後に続く。

たまに、エロムラが討ち漏らしたマミーが必死にゼロス達に向けて包帯を伸ばしてくるが、一撃で倒せるので脅威にすらならない。

「コイツら、なんで包帯を伸ばしてくるんだ？」

「マミーの攻撃は、基本的に包帯で相手の動きを封じ時間をかけて獲物を倒すんだよ。自分が倒されても麻痺や毒の効果を含んだ体皮を大気中に拡散させ、搦め手で人間を殺そうとする傾向が高いかな。数で圧倒するタイプの魔物だと覚えておけばいい」

「限定された空間だと脅威ですね。今のように四方が囲まれた部屋だと、あっという間に捕縛されてしまいそうです」

「遺跡タイプのダンジョンだと、よく姿を現すんだよね。おっと、そろそろエロムラ君にかけたバフ効果が解ける頃合いなんだけど、彼はいったいどこまで行ったのかねぇ？」

相手に能力向上や状態異常を与える魔法には、効果時間というものが存在する。

例えば身体強化をする魔法の【フィジカル・ブースト】と、騎士などが行う【闘気法】を比べた場合、その効果持続時間は後者の方が長い。

その理由は【闘気法】が体内で魔力を循環させる技術であるのに対し、【フィジカル・ブースト】は体の周囲に魔力を後付けで纏《まと》わせるからである。

体内から効果を及ぼす技術と外部に後付けされた魔法とでは、魔力は自然界に還元されるという法則上、魔法が大気に拡散する時間の関係で効果時間に差が出てしまう。

ゼロスがエロムラにかけた強化魔法の数々は、体外に付加した魔法であるために制限時間がくると効果をなくす。

予想では既に正気を取り戻している頃合いだ。

「のぉおおおおおおおぉぉぉぉぉぉぉぉっ!!」

迷宮内に響き渡るエロムラ君の叫び声。

「意外と近くにいたねぇ……」

「いや、すげぇ叫んでいたけど……ヤバい状態なんじゃないのか？」

「ですが、エロムラさんの実力でマミーに苦戦するとは思えませんけど……」

「それ以上の何かがいたのかねぇ？　急いで向かおう」

強制暴走によって破壊された壁をくぐり、マミーの残骸を辿ってエロムラのもとへ急ぐ。

だが、そこでおっさん達が見たものは——、

「うふふふ、待ちなさぁ～い♡」

「く、来るな……。俺のそばに近寄るなぁあああああぁぁぁぁぁぁっ!!」

海岸で恋人を追いかける男性のように、広いフロアでシナを作りながら走る巨大なファラオのオネエミイラと、包帯で性別の判断が難しいが、おそらくは女性型と思《おぼ》しきマミーに集団で追いかけられるエロムラの姿だった。

エロムラは壁際に追い込まれ、包帯に絡みつかれながらも必死に抵抗している。

凄く無様な姿だ。

「「「…………」」」

ゼロス達の目が死んだ。

「アイツ……なぜかそっち系の奴等に好かれるな」

「そうなんですか♡」

「セレスティーナさんは、なぜそんなに嬉《うれ》しそうに……。エロムラ君の貞操の危機なんだけど」

「むしろ、そこから先が見てみたいです！　これは学術的な興味ですよ！」

「「…………」」

セレスティーナの腐の部分が再覚醒し始めていた。

どこかのクールビューティーなメイドさんがこれを聞いたら、きっと素敵な笑みでサムズアップするに違いない。

「ツヴェイト君……」

「言わないでくれ、師匠……。もう、セレスティーナは戻れない道に足を踏み込んでいるんだ」

「みんな濃い性格しているよねぇ～。君だけは普通でいてほしい……収拾がつかなくなるから」

「師匠がそれを言うのか？」

「僕だからだよ……。趣味も深みにはまれば冥府魔道だ、踏み込みゆけば後は地獄。そう、真理や極意、あるいは悟りを極めるまでね」

「重い言葉だ……」

ツヴェイトは既に諦め、ゼロスはかつての仲間を思い浮かべる。

「いいから助けろよぉおおぉぉぉぉぉぉぉぉぉぉっ!!」

「お二人とも酷いです！　私は本当に生物学的に興味があるだけで、そこにやましいものは一切ありません!!　純粋な興味だけですよ!!」

「「なぜに、そこまで必死なんだ？」」

「聞いてる？　ねぇ、お願いだからヘルプミ～～～ッ!!」

隠し趣味と身の危険、体裁保持弁明と救援要請。

方向性は全く異なるが、どちらも必死だった。

「あらぁ～ん♡　また素敵なおじさまと、若々しい子羊ちゃんが来たわねぇ～。いいわぁ～、凄くいい♡　でも……小娘はいらないわ。踏んづけてやろうかしら」

「「「…………………うそやろ」」」

ターゲットはエロムラだけではなかった。

どうやらオネエのファラオは、ツヴェイトとゼロスもロックオンしたようである。

ただ一人、セレスティーナにとってだけは命の危機だった。

そう、エロムラが最後に突入したのはボス部屋だったのである。

第十一話　おっさん、異世界の黒歴史を知ってしまう

アーハンの村に新設された傭兵《ようへい》ギルド支部。

まだ真新しい木の香りが残るこの建物に、息も絶え絶えに駆け込む傭兵の姿があった。

彼はよほど急いでいたのか、声も出せない状態がしばらく続いた。

ダンジョンでひと稼ぎをしようとこの村に来ていた多くの傭兵達は、何事かと彼に注目する。

「ハァハァ……ほ、報告……。ダンジョン内で……だ、大規模な……構造変化を確認、しました……」

「な、なんだとぉ!?」

真新しい傭兵ギルドのギルドマスターは、突然の緊急報告に驚きの声をあげた。

「規模、は……不明。現在……第一階層も……ハァハァ……。遺跡型に変化……。各階層に調査隊を含む傭兵達が取り残されたもよう」

「何たることだ……。第一階層にまで変化が及ぶとは。それほど大規模に構造変化が起きたなんて記録、見たことも聞いたこともないぞ」

傭兵ギルドは各国に必ず存在する傭兵斡旋《あっせん》組織である。

彼等が中立を保てる大きな理由が、自然環境下などで起こる魔物の暴走現象に対し、独自で防衛する権限を持っているからだが、それ以外にもダンジョンなどの特殊な領域の調査や探索が挙げられる。

特にダンジョンは監視の目が届きにくく、魔物暴走などの前兆が読みづらい。そのため頻繁にギルド直轄の探索班が調査活動を行っている。

また、時折変化する内部構造の調査も仕事の一つに含まれているが、今回のような大規模な構造変化など今まで例のない事態だった。

『クソッ、数日前に探索に向かった奴等は遭難したと見るべきか……。自力で戻ってこられるならよいが、最悪なのは調査隊が全滅することだ。情報が不足した今の状況では、こちらから救援は送れん』

ギルドマスターは内心で愚痴を吐く。

構造変化は今まで発見されているダンジョンでもよく起きている現象だ。

しかし、大抵の場合は上階層や比較的地上に近い領域の変化は起こりにくいという専門家の見解があり、事実、大規模な構造変化は下階層のほうが比較的に多かった。

今回のように一階層にまで及ぶなど前代未聞と言ってもよい。

ダンジョン内に残された傭兵達は自力で脱出しなくてはならず、傭兵ギルド側からは二次被害というリスクを恐れ捜索班を送り出すこともできない。

取り残された傭兵達が全滅している可能性も考えられ、情報がない今の状況下では決断を下すのに躊躇《ため》いを覚える。

「仕方がない……。これからしばらくの間、構造変化が収まるまでダンジョンは閉鎖する。各傭兵ギルドにも報告しておかねば……」

「第一階層……ボス部屋は……既に遺跡型ダンジョンに変化していますが、それとは別に新たなエリアも確認されています……。第一階層だけでも調査しておく必要が……」

「駄目だ。ダンジョンが不安定な状況下で、調査隊を出すわけにはいかん。今は静観するしかないだろう……」

このまま無策で調査隊を送り出しても二次被害で遭難されてはダンジョンに更に力を与えることになりかねず、変化し続けている今の状況にどのような影響が出るかも未知数だ。

被害を最小限に抑えることはギルドの仕事だが、世間の目にも注意を払う必要がある。

『ダンジョンを一時閉鎖したところで、他の連中が文句つけてくるんだろうな……。厄介なことになったものだ。特に国の研究者なんかが乗り込んできたら、我等の権限で止めることはできん。あいつら、調査を名目に無茶をやらかすからなぁ……』

傭兵ギルドとしては登録された傭兵達の人命を第一に考えなくてはならない。

世間の評価も怖いが、更に怖いのが国の研究機関に所属している者達である。

ダンジョンの研究を専攻している研究者の多くが貴族出身者で、国からの調査要請という名分を理由に強引に突入しかねない。彼等を護衛するのも雇われる傭兵達なのだ。

研究者の大半が命知らずな変人なのは有名な話で、被害を考えると研究者のダンジョン調査はこの状況下において迷惑以外の何物でもない。

しかし、周辺の貴族にも報告は出さなければならないわけで、報告すれば近いうちに研究者達がアーハンの村に押し寄せることになるだろう。

研究者の行動力は侮れないものがあるのだ。

「厄介なことになりそうだな、ギルマス……」

「情報を遅らせたところで結局は時間の問題だろう。せめてダンジョンの様子が落ち着いてから来てほしいところだが、それも叶《かな》わぬ願いなんだろうな……。あいつら、正気とは思えんことを勢いだけでやらかすからなぁ……」

ソリステア魔法王国は魔導士の国。

英知を求めるのは研究者の仕事であり願望で欲望、ついでに趣味であった。

人の話や忠告を聞かないアホ達が押し寄せるのは、傭兵ギルドにとっては正直勘弁してほしいところであり、彼らは望まれざる来客者なのである。

実に頭の痛い問題であった。

◇　◇　◇　◇　◇　◇　◇

アーハン廃坑ダンジョン三階層、湖エリア。

水中から飛び出すサハギンの水弾集中攻撃の弾雨を乗り切り、無事に湖中央の島へと辿《たど》り着いた【一条《いちじょう》　渚《なぎさ》】と【田辺《たなべ》　勝彦《かつひこ》】は、神殿遺跡のような場所の入り口で休息をとっていた。

何しろ全力疾走しなければ集中攻撃を受けるわけで、水中のサハギンを相手に戦うわけにもいかず、戦闘を避けるしか手がなかった。

長い橋を魔力で強化した脚力で駆け抜ければ、当然息も上がるものだ。

「……ハァハァ、なんとか落ち着いてきたわ」

「ここまで……ヒィヒィ、俺達じゃなきゃ、絶対に……途中でやられるだろ」

橋の長さは中央の島まで五百メートル近くあり、途中でサハギンが襲ってくることは最初から織り込み済みなのでよいのだが（いや、正確にはよくはないのだが……）、問題はサハギン達の加速力と跳躍力だった。

サハギンは湖底から浮上速度と泳ぐ速度を蓄え、弾丸のように湖面から飛び出してくる。

渚達からすれば駆け抜けるという選択を取るしかなく、サハギン達もそれを理解しているのか先回りで前方から飛び出し、容赦なく水弾を浴びせてきた。

勇者のような特別な身体能力がなければここを突破するのは難しく、今後も突破できる者が現れるか怪しそうである。

「それより、これからどうするの？　予想だとこの神殿遺跡みたいな場所に下階層へと続く階段か何かがありそうだけど、帰りの体力も残しておかないとならないし、無茶はできないわ」

「う〜ん、橋以外では結構余裕だったし、仮に中ボスクラスが出ても上階層だし楽勝だとは思う。ガンガン突き進んでもいいんじゃね？　敵が出てきても稼ぎ時なだけだろ」

「その欲が身を滅ぼすかもしれないんだけど？」

「ここまで来て何もせずに戻ったら、何のためにあの集中攻撃をくぐり抜けたのか分からないだろ。四階層を見てから考える」

渚は勝彦の言動を信用していない。

欲が絡むと絶対に無茶を言いだすと予想できてしまい、いかに目の前の馬鹿を引きずり戻すか、その手段を考え始めた。

『ロープ……まだあったかな？　面倒になったらこいつの首に縄を括《くく》って……』

「なぁ、一条……。お前の目つきがなんかヤバいものに変わっているんだけど、危ないこと考えてないよな？」

「そう思うのは、今まであんたが碌でもないことをしでかしている自覚があるからじゃないの？　内心ではいつ捨て駒にされるか怯《おび》えてたりとか？」

「……今、捨て駒って……なぁ、本気でそう考えているのか？　俺を捨てようとか思ってないよな!?」

「あんたを切り捨てたいと思っているのは事実ね。そう思われても仕方のないことを何度も繰り返してるんだから」

勝彦の顔が蒼白《そうはく》に褪《あ》せていく。

今までの渚の言動から恨まれているという自覚もあり、ましてここはダンジョン。死者はダンジョンコアに吸収され死体すら残らない。

完全犯罪にはもってこいの場所だ。

「お前……まさかとは思うが、この機に乗じて俺を……」

「約束くらいは守りなさいよ？　でないと、背中から刺すことがあるかもしれないから」

「ほ、本気じゃないよなぁ!?」

「それは、あんたの態度次第じゃないかしら？」

勝彦の反省が後に生かされることはない。

所詮《しょせん》はその場しのぎの言葉に過ぎず、今さえ乗り切ればそのあとはどうでもいい。

今までそれを何度も繰り返しており、既に渚からは愛想を尽かされていたのだと、この時になってやっと自覚した。

「俺達、仲間だよね？」

「仲間っていうのは、信頼関係が成り立っているからこその言葉なのよ。私、あんたに信頼なんてないから。これまでも何度も言ってるわよね？」

「……マジ？」

「本気よ♡」

これまでにない爽やかな笑みが勝彦の不安を煽《あお》る。

「休憩して息も整ったし、そろそろこの神殿遺跡を調べましょうか。何か見つかるといいわね」

「あ……あぁ……」

勝彦のメンタルは、先ほどの全力疾走の疲労に加え、渚の切り捨て宣言により一気に急降下。

渚としては狙ったわけではないのだが、これによって勝彦が大人しくなったことは幸いだ。勢い任せの無茶な特攻も防げる。

『でも、一時しのぎ程度にしかならないでしょうね。どうせまた忘れるだろうし』

内心で溜息《ためいき》を吐《つ》きつつ、渚は神殿を見上げた。

建築様式はギリシャ風。

大理石で造られた神殿は、渚の記憶にあるものに似ていた。

「まるで、パディオム神殿ね」

「確かに、教科書で見た神殿に似ているな」

パディオム神殿は渚達のいた世界でも世界遺産として登録された遺跡で、ゼロス達の世界で言うところのパルテノン神殿に当てはまる。

この場にゼロスがいたら世界線が異なることに気付いただろうが、今の二人には分からないことだった。

「崩れかけだが、まだ形が残っているな。屋根もあるし彫刻も鮮やかで色褪せてない」

「これは女神像かしら？　こっちは軍神？　そこまで歴史には詳しくないから今一つ分からないわね」

「扉の装飾もすげぇな……。金細工に宝石まで」

「宝石？　これ、たぶんガラスよ。色がついているところを見ると、よほどの技術があったのね。感慨深いわ」

「ガラス!?　ちくしょう、盗もうと思っていたのに……。ダンジョンなんだからサービスしろよ！」

「……最低」

勝彦には歴史的な価値よりも現金の方が重要のようだ。

扉の金細工も、『削って溶かせば少しくらい金になるか？』などと言っており、良く言えば現実的であり悪く言えばゲスだった。

「扉の中に入る前に、隙間《すきま》から奥を確かめましょう。セオリーだとここがボス部屋のような気がするわ」

「確かに……。んじゃ、慎重に行くか」

目の前にそびえる金属製の扉。

少しずつ押して隙間を作り、二人は中を覗《のぞ》き込む。かなり崩れているが礼拝堂のようだ。

やはりというべきか、奥には巨大な何かが存在していた。ボス部屋確定である。

「……アレ、何だと思う？　生物にしては動いている様子がないけど」

「確実に生物じゃないな。考えられるのは……ゴーレムか」

「大きいわよ？　戦ったら疲れそうね」

「意外に動きは遅いんじゃね？　俺達のレベルなら勝てる！」

「……気楽に言ってくれるわね」

勝彦が嬉々《きき》として扉を開き、礼拝堂に踏み込んでいく。

渚も後に続いた。

侵入者を感知したのか、奥の黒い影は立ち上がり、重量の乗った足音を立てながらゆっくりと前進してきた。

扉から差し込む光がその全貌を照らし出す。

「やっぱりゴーレムだったな」

「レトロゲームで見たことがあるわね。こんな敵キャラ……」

全身が白い大理石で構築された石巨人。

神殿を思わせるような身体に、無理やり手足や頭部を取り付けたようなアンバランスな姿で、独特の不気味さを醸し出している。

その不気味さをさらに強調するかのように胴体の柱部分に無数のデスマスクが浮かび上がっており、全ての視線がこちらを見ていた。

「アレってガーディアンゴーレムに似てないか？　でも雰囲気がなんか違うような気がするな」

「【試練の迷宮】で戦ったゴーレムのこと？　あの時は皆でハンマーを使って殴り倒したわよね」

「あの頃とは違って、俺達も随分レベルが上がってる。もう勝てるだろ」

「そうだといいわね」

勇者二人は剣を抜くと、ガーディアンゴーレムに向かって走り出す。

充分にレベルを上げていた二人によって、ガーディアンゴーレムはさほど時間もかからず倒されたのだった。

◇　◇　◇　◇　◇　◇　◇

一方で、ゼロス達の状況はというと――、

「どうしたのぉ～？　もしかして、私の美しさに魅了されちゃったのかしらぁ～ん」

――ボス部屋にてオネェなボスと対峙《たいじ》していた。

カースド・ファラオのオネェ――通称ファラオネェは、妙にクネクネした腰つきでゼロス達を誘惑。憂いを帯びた怪しげな視線（？）を、セレスティーナを除く男達に向けていた。

明らかにヤル気だ。

「まずいぞ、ツヴェイト君……。奴は、絶対に僕達を狙っているぅ！」

「ハァ!?　いやいや、いくらなんでも魔物がそっち系って、ありえないだろ！」

「あらぁ～ん。そっちのおじさまは勘がいいわねぇ～。私、張り切ってサービスしちゃうわよぉ～ん♡　どう？」

「『いや、どうと聞かれても……マジかよ』」

ゼロスは冗談で言ったつもりだったが　それに反してファラオネェは本気のようである。

「この手の魔物は普通、怨念《おんねん》の凝り固まった恨み言を垂れ流すだけで、会話すら成り立たないはずなんだけど……なぜにオネェ？　このダンジョンは何を目指し、どこへ行こうとしているんだ」

「こんな奴がマジで存在しているとは……」

「それより、ファラオさんは先生と兄様にどんなことをするんですか!?　具合的な内容を教えてください！　より細かく、懇切丁寧に！」

「あら、小娘だと思っていたら、なかなかに話せるお嬢ちゃんだこと……。でも駄目よ。男と男の間には、決して言葉では語れない秘め事があるのよん。貴女《あなた》がいい女になったらいずれ分かるわ」

『『いい女になっても分からんと思うぞ。何言ってんだ、お前……』』

「干物がぁ～、干物が迫ってくるぅ～～っ。異臭、悪臭、なんのそのぉ～イヒヒヒ……」

エロムラ君、現実を直視できず心が砕けた。

彼はファラオネェの存在だけでなく、自分の周囲を囲んでいるマミーを見て、あることに気付いてしまったのだ。

「いやぁ～、ご機嫌だねぇ～。エロムラ君」

「楽しそうですね」

「いや、アレはどう見ても心が砕けただろ……。目が死んでるぞ」

「もう、あんなに喜ばれると我慢できなくなるじゃないの。抱きしめて食べちゃいたくなるわ♡

もちろん、性的な意味でよ？　まぁ、たっぷり愛したあと仲間になってもらうけどねぇ～ん」

「いやぁあああああああああぁぁぁぁっ!!」

ドーム状のフロア内にエロムラの悲鳴がこだまする。

「おっさん！　早くこいつらを一掃してくれぇ、このマミー共は危険すぎるぅ!!」

「いや、君の実力なら楽勝でしょ。なんでそんなに怯えているのかねぇ？」

「ついさっきまで無双してたじゃねぇか」

「こ、こいつらの股《また》に、干からびてるけど見慣れたものがあるんだよぉ!!」

「なん…だと……!?」

ゼロスとツヴェイトは周囲にいるマミーが女性のミイラだと思っていたが、実はファラオネェ同様にカマーだった。

マミーならぬカマミーと呼称するべきであろうか。

「ま、まさか……この周囲にいるマミー全てが!?」

「冗談……だろ……」

「ホントよぉ〜ん。昔、私の王国の兵や民達を全員こっちの道に進ませたのよねぇ〜ん。私がルールで、私好みの私だけの国を築いたのよ。ちなみにニュハーフ王国という名だったわん」

「「なんつー暴君だぁ!!」」

「女は追放か死刑にして、男は全てじっくりたっぷりねっとりと堕《お》としていったわ……。ただ、そのせいで少子化になって国が滅んじゃったのよねぇ……。周囲が砂漠だったから他に国もなかったし、いい男をゲッチュウできなかったのよぉ〜ん」

「「知りたくもねぇ黒歴史だ……」」

ファラオネエは想像以上にヤバかった。

そして、そんなくだらない理由で滅んだ太古の王国があったなど、知りたくもなかった。

考古学に真面目に取り組んでいる学者が知ったら本気で自殺しかねない。

「でもいいのよ……。こうして蘇《よみがえ》った以上、今度は失敗しないわ。ここから出て新たな王国を建国するのよぉ!!」

「「死んでもなお、とんでもねぇ野心を持ってやがったぁ!?」」

「……関係ないですけど、包帯姿の男子ってなぜか不思議と萌《も》えますよね」

「分かるぅ〜♡　ほんと、殺すには惜しい小娘ねぇ。ここまで理解ある子がかつての私のそばにいてくれたら、あんなことにはならなかったのに……」

『『あんた、何したんだ？』』

色々と思うところがあるが、現実問題としてファラオネェが仮に地上へ出るようなことにでもなれば、世界は別の意味で地獄になりかねない。

どんな手段を用いてもこの場で滅ぼさねばとおっさん達は決意する。

「お喋《しゃべ》りはここまでよぉ〜ん。これから楽しい時間が待っているんだから、私、ちょお〜っとだけ本気で相手にしてあげるわん」

「そ、そんな……まだ聞きたいことがあるのに」

「ごめんなさいね、お嬢ちゃん。貴女のことは嫌いになれないけど、私にも役割があるのよん。本当に残念だわ……もし生前に貴女に出会えていたら、きっといいお友達になれたのに……」

「待ってください！　私は……こんなのは嫌です！　まだ語り合いたいことが……」

「お互い、出会いが悪かったのよ。貴女は生者で私は死者、生まれてきた時代の違いもそうよね。本当……神様って残酷だわ。今になって最高の理解者と出会わせるのだもの……」

「ファラオさん……分かりました。私は……全力で抗《あらが》わせてもらいます！」

「そう……それでいいのよ。挑んできなさい、この私に」

二人の間には奇妙なシンパシーがあった。

小娘からお嬢ちゃんに変わったのは、ファラオネェがセレスティーナを認めたからだろうか。

お互いに何かを振り払うかのように真剣な表情で見つめ合い、セレスティーナはメイスを構え、ファラオネェは全身から無数の包帯を靡《なび》かせ出方を窺《うかが》う。

『『なんだ……これ……』』

まるで昔のスーパーロボット系のアニメで、ライバルの敵キャラが偶然にも主人公と出会い交流し、再び戦場で対峙した時のような雰囲気だった。

理解し合えているのに互いが戦わなくてはならない悲哀と哀愁。譲れない信念。

しかし、実際に目の前で起きていることは、そんな綺麗《きれい》なものとは程遠い。

あえて言おう、これは腐の友情であると。

「まずは小手調べよ～ん。アナタ達、行きなさぁ～い」

群れ成すカマミー達が一斉に動き出した。

動きは緩慢だが、体中から蠢《うごめ》く包帯が伸び、セレスティーナへと向けられる。

だが包帯自体に重さと速さはなく、絡みつかせて獲物の動きを封じるだけのもので、カマミーの武器は自身から周囲にまき散らされる毒の皮膚片である。

身体強化魔法で能力を強化したセレスティーナを捕らえるには力不足だ。

「ごめんなさい！」

謝りつつもカマミーを殴打する。

振るうメイスは一撃で敵を粉砕し、また別のカマミーに横振りで胴体から抉《えぐ》り取るように分断させ、頭部を容赦なく足で踏み砕く。

敵に対して容赦ないが、セレスティーナは普段の訓練でもここまでの真似はしない。

これは以前、ファーフラン大深緑地帯で学んだ戦い方だった。

過酷な環境下では殺すか殺されるかの選択しかなく、小さな油断や良心の呵責《かしゃく》が命取りになる。

非情な心を封じるリミッターを自らの意志で外すことにより、良心や手加減というものを一切排除し、それでも冷静に状況を判断する理性は残しつつ戦うことだけに特化した獣と化す。

一時的とはいえ確かに感じた友情だからこそ、全身全霊をもって戦うと決意した彼女なりの礼儀だった。

「あぁ……素敵よ。それでこそ我が親友《とも》。美しく抗いなさい……。これが私達の運命なのだから」

「いや、全力で戦うなら、なぜ呪詛《じゅそ》を吐かないんですかねぇ？　上位存在なのだからできるでしょ」

「そんな無粋な真似はしないわ。私にも王としての矜持《きょうじ》というものがあるのよん。第一、呪いなんて美しくないわ」

「矜持ねぇ……」

オネェの矜持が何かは知らないが、カースド・ファラオが呪詛を使わないことはある意味で救いでもあった。何しろ低確率だが即死効果があるからだ。

だが、これで安心できるほどカースド・ファラオという魔物は甘くない。そして優しくもない。

「数が多い……俺も手を貸すぞ、セレスティーナ！」

ロングソードを振りかざし、ツヴェイトも参戦。

所詮は弱い魔物なので、多少力任せな攻撃でも容易に撃破できる。

捕縛包帯を警戒しつつ、剣にできるだけ魔力を込め破壊力強化を施し、カマミーの核もろとも粉砕を狙う。

「兄様、それだと長期戦は不利です」

「ペース配分は考えている。焼き払うための魔力も残しておく必要があるからな」

「あぁ……妹を守るために自ら剣を取り挑んでくるなんて、なんて素敵なダーリンなの。素敵すぎるわよ、アナタ達……。美しいわ、どこまで私を喜ばせてくれるのぉ～～～～ん♡」

「いや、そんなつもりは微塵《みじん》もないんだが……」

そしてファラオネェを絶賛させた。

対してエロムラなのだが――、

「ノォ～～～～っ、カマーズパーティー嫌ぁあああぁぁぁっ!!」

――錯乱していた。

むやみやたらと剣を振り回し、お世辞にも戦っているとは言い難い。

善戦している二人とは対極に、あまりにも情けない姿である。

カマミーの注意を惹《ひ》きつけているという点では優秀だが……。

『さて、こんなミイラ系の魔物で、しかも上位のファラオだ。倒すのは楽かもしれないが、この手の魔物は滅びる瞬間に呪いを残していく。ツヴェイト君達レベルだと即死するかもしれない。周囲のカマミーも毒持ちや麻痺《まひ》効果のある微細粉塵《ふんじん》を残すから、倒すなら一撃で確実に行わないと面倒だ』

マミーの上位種であるカースド・ファラオは、ゼロスの思っている通り消滅時に怨念を込められた瘴気《しょうき》を周囲にまき散らす。状態異常だけであればなんとかなるのだが、最も恐ろしいのは即死率の高い呪詛である。これをゼロスは警戒していた。

エロムラはともかくとして、魔法耐性がまだ低いツヴェイト達に耐えられるとは思えない。

そうなると一撃で確実に仕留めるのがベストだ。

『よし、【煉獄炎《れんごくえん》】でファラオネェを焼き尽くそう。雑魚はエロムラ君に任せても大丈夫だろう』

煉獄炎はゼロスが改造した魔法であり、瘴気を浄化しながら燃え続ける性質を持っている。

自身の魔力を呼び水に自然界の魔力を併用する通常魔法の特性を、敵の魔力を利用するというコンセプトに置き換えて作り出されたもので、瘴気に変質した魔力を浄化吸収させ魔法効果として転換。アンデッド系モンスターを焼き滅ぼすことに特化した魔法だ。

アンデッドである限りこの攻撃魔法から逃れることはできない。

『このファラオネェも災難だねぇ、復活したてで滅ぼされることになるんだから……』

おっさんは心中でファラオネェに少しだけ同情する。

この場で出会ったのが他の魔導士であれば、いずれは地上に出られたかもしれないが、相手がゼロスであったがために望みは叶わない。

叶えるつもりも更々ないが……。

「う〜ん。マイダーリン達は食後のデザートに取っておくとしてぇ〜、まずはそこのおじさまから美味《おい》しく頂こうかしらねぇ〜。さぁ、おじさま〜、私の愛を受け取ってぇ〜〜〜ん♡」

「いやぁ〜、僕は遠慮しておきますよ。つか、さっきまでのやり取りは何だったんです？」

「それはそれ、これはこれよん。遠慮はしなくていいのよぉ〜。わ・た・し、優しくしてあげるからぁ〜ん。こう見えて結構テクニシャンなんだからぁ〜」

「僕は女性が好みなんでねぇ、すみませんが出会って早々さようならですよ。【煉獄炎】」

不浄を焼き尽くす煉獄の炎が、ファラオネェに炸裂《さくれつ》する。

ファラオと名の付くくらいに巨漢のミイラが、一瞬で松明《たいまつ》のように燃えあがった。

「あっつ〜〜〜い♡　こ、こんな激しいの、初めてぇ〜〜〜んっ♡」

「「「なんで嬉《うれ》しそうなんだぁ!?」」」

アンデッドという魔物は、人間だった頃の人格が変質の過程で歪《ゆが》むことは知られているが、ファラオネェは最初から別の方向で歪んでいた。

「アッ、アァ〜〜ン♡　これが、熱……情熱の炎、魂の痛み……久しく忘れていた超・感・覚。快感♡　素敵よぉ〜〜ん!!」

「おっさん……」

「先生……」

「師匠……」

「そんな目を向けないでくれ、これは僕も予想外だったんだから……」

三人の冷ややかな視線が痛い。

浄化の炎に身を焼かれながらも、ファラオネェは恍惚《こうこつ》とした喜びの声をあげる。

普通のアンデッドであれば浄化の最中は悶《もだ》え苦しみ、やがて灰となって消滅する。

怨念の塊であるアンデッドにとって浄化は忌避すべき致命的な攻撃のはずだった。

しかし自我を保っているということは、恨《うら》み辛《つら》みで他者を襲うだけの存在とは異なるようで、浄化の炎が必ずしも攻撃に該当するとは限らないようである。

精神の歪み具合によっては快感になってしまう。

なってしまった……………………なっちゃったのだ。

「なんて素敵すぎるのぉ〜〜ん。私、最高すぎて……もう昇天しそう♡　逝っちゃう、もう逝っちゃうぅぅぅぅん!!」

『『いや、ぜひ逝ってくれよ。見ていて凄《すご》く見苦しいから……』』

「熱い……凄く熱いの。もう、最高♡　こ、これが……生。生きているって実感なのね……」

ファラオネェは生前、自ら言った通り欲望の赴くままに生き、自分の国を滅ぼした。

その飽くなき欲望は死してなお肉体に残り続け、アンデッド化してからも留《とど》まることを知らなかった。

同時にそれは生前に存在していた五感の消失により、鬱屈《うっくつ》した歪んだ生の始まりでもあった。

アンデッドは痛みを感じない。

アンデッドは熱を感じない。

アンデッドは感触を確かめられない。

それはつまり、生前の快楽を直《じか》に味わうことができない。

この偽りの生は、ファラオネェにとって長き牢獄《ろうごく》だ。

自分が求めた快楽を感じられない以上、魂は更に暗く深く澱《よど》んでいき、それが呪縛となって自身をこの世界に留める力となってしまう。

ゼロスの煉獄炎により、今まで感じられなかった痛みがファラオネェの全身を――正確には魂を駆け抜け、浄化の炎に焼かれる熱が生の実感を呼び起こし、生きている喜びさえも取り戻した。

長きにわたる不死という牢獄から、魂の解放される時がようやく訪れたのだ。

「あぁ……これでようやく解放される、のね……。この長く、歪んだ偽りの生から……。死ねることがこれほどの快感だったなんて、私……知らなかったわ」

「あれ？　なんか、強引にいい話に持っていこうとしているような……」

「別にいいんじゃねぇか？　昇天するなら……」

「それよりも、俺を助けてくれよぉ!!　カマミーを何度ぶっ飛ばしても、しつこく俺につきまとってくるんだけどぉ!?」

　エロムラ君はカマミーにたかられていた。

　どうも彼はそっち系に好かれる不幸な体質のようだ。

「あぁ〜ん……でも、私のハニー達をこのまま残していくのはしのびないわん……。みんな一緒に快楽のまま天国へ逝きましょうね……」

　ファラオネェがそう言うと、全身に巻かれた大量の包帯を鞭《むち》のように操り、周囲のカマミーに絡ませていく。

　マミーとは乾燥した死体であり、当然だが燃えやすい。

　燃え盛る煉獄炎が包帯を伝いカマミーに引火、次々に炎上していく。

「し、師匠……これってやばくねぇか？」

「密閉された室内で火事か……。このまま燃え広がったら酸欠で僕達も危険かも」

「逃げましょう、先生！」

「俺を置いていかないでくれぇ!!」

　ゼロス達は急ぎ元来た道を戻り、比較的狭い通路に身を隠すと熱遮断効果を持つ魔法障壁を緊急展開。遠くからファラオネェとカマミーが炎上する様子を眺め続けた。

　派手な火葬である。

「逝っく〜〜〜〜〜〜〜〜〜〜〜〜〜〜ん♡……」

　聞きたくもないファラオネェの最期の叫び（？）が聞こえてきた。

「…………殺《や》ったのか？」

「あれだけの炎に焼かれれば消滅するだろ」

「もう少し詳しい話を聞きたかったんですけどね」

「……あれが最後のファラオネェとは思えない。奴と同じ思想を持つ者がいる限り、第二・第三のファラオネェが現れるかもしれない……」

「嫌なことを言うなよぉ!?」

「それはそれで楽しみですね」

「!?」

セレスティーナの眠っていた腐の嗜好《しこう》が完全覚醒したようだが、今はどうでもいい。

マミーの火葬は続き、全てが完全に燃え尽きるまで、四人は足止めを食らうこととなる。

しばらくしてボス部屋を覗くと、やけに仰々しい装飾が施された宝箱が部屋の中央に一つ残されていた。

「まいったねぇ。変な奴に出会ったことで、おじさんのやる気はもうゼロよ……」

「あんなのがダンジョンから出てきてたら、間違いなく地上は混乱してたな。別の意味でだが……」

「俺ちゃん、他のマミーがカマミーでないことを願うよ。ところで宝箱を開けなくていいのか？」

「ダンジョンで特定の魔物を倒すと、宝箱が出るって本当だったんですね。中身が凄く気になります。わくわくしますね」

ボスクラスの魔物を倒した報酬の宝箱。

ただ、相手が相手だっただけに中のアイテムに嫌な予感が拭えないおっさん。

罠《わな》の有無を確かめたあと、ゆっくりと蓋《ふた》を開ける。

「「…………………………」」

ツヴェイトとゼロスは言葉が出ない。

そして、頼んでもいないのにここで鑑定スキルが勝手に発動。

気になるその内容とは――。

＝＝＝＝＝＝＝＝＝＝＝＝＝＝＝＝＝＝＝＝＝＝＝＝＝＝＝＝＝＝＝

【古代王の黄金仮面】

防御力＋3

特殊効果

特になし

【守りのブルマ】

防御力＋250

速力　＋150

特殊効果

魅了　誘引

魔導文明期のモラル崩壊時代、少女達が金銭目的で裏の店に売っていた運動用の衣装の一部。

最近、めっきり着用者がいなくなったエロスの代名詞。

伝説の衣装としても裏では有名。

現代ではどこかの国の法皇も代替わりした聖女に着用させているらしい。

古代王の黄金仮面については考古学的な価値しかない。

＝＝＝＝＝＝＝＝＝＝＝＝＝＝＝＝＝＝＝＝＝＝＝＝＝＝＝＝＝＝＝

『余計な説明はいらねぇ～～～っ!!　つか、なんでブルマがこんな性能？　普通は仮面と逆なんじゃね!?　それ以前に、どこかのお偉いさんの性癖を暴露してんですけどぉ!?　しかも伝説って……』


おっさんは心の中で思いっきりツッコミを入れる。

変な魔物を倒してみれば、報酬もやっぱり変だった。

「ブ、ブルマァ〜〜〜ッ、Fooooooooooooou!!」

対するエロムラはやる気がアップ。

何かが彼の琴線に触れたようである。

「なんでエロムラがヒートアップしてんだ？」

「このブルマは、一部の特殊な人の性欲を昂《たかぶ》らせる効果がある。ダンジョンっていったい……」

「あっ、なんか納得した……」

救いようのないところまで落ちたエロムラ君。

どこまでも性欲に素直な彼は、こうして勝手に自身を貶《おとし》めていく。

「これ、女性用の装備なんですか？」

「装備というか、競技用衣装の一部だね。これに上着が加わって完全になるんだが、女性の体のラインが出てしまうんだよ。青い性に目覚めたばかりの少年には目の毒だ」

「私が装備してみましょうか？」

付与されている効果に興味があるのか、セレスティーナは両手でブルマを広げまじまじと眺めている。彼女も研究職に片足を突っ込んでいる魔導士であるという証拠だろう。

クロイサスとも血の繋《つな》がりがあるのだとよく分かる行動である。

『ティーナちゃんが、ブ、ブルマを穿《は》くだとぉ!?』

もう、行くところまで行ってしまったエロムラ君。

このとき彼は、セレスティーナも護衛対象であるという認識を光の速さで消し去っていた。

鼻息荒く、もの凄くギラついた視線をセレスティーナに向けていることでもお分かりだろう。

「それは、やめたほうがいい。魅了と誘引の効果がおまけで付与してあるんだ。穿く前の状態でエロムラ君がここまでハイになるんだよ？　セレスティーナさんが装備したら、彼は性欲を抑えきれずケダモノに変貌するかもしれない」

「欲望に忠実な奴だからな……」

「これ、そんなに凄いものなんですか？」

「エロムラ君のような人には、鼻息が荒くなるほどに魅惑的なものらしい」

「フシュ～～ッ！　フシュルルルゥ～～～ッ!!」

容赦なくエロムラを貶めるおっさんと、鼻息が荒い危険人物。

ゼロスは、今さらブルマを含め女性下着などにも烈情を抱くことはない。

ツヴェイトやセレスティーナは文化の違いから理解できないことが救いだ。

「……装備、しないほうがよさそうですね」

「そんな……それを装備すれば防御力と素早さがアップするし、戦力増強になるんじゃ……」

「そんなに言うのであれば、エロムラ君がこのブルマを装備すればいいんじゃないかねぇ。好きなんだろ？」

「恐ろしいことを言うなよぉ、俺が穿いたらモッコリするだろぉ!?　誰が見て喜ぶんだよぉ!!」

「ファラオネェかな？　ところでモッコリする理由なのだが、穿いたことにより局部が強調されるからか、あるいは性的嗜好による興奮からくるものなのか、どっちの意味でだい？」

「明らかに前者でしょ、なに言っちゃってんのぉ!?」

ゼロスは少しばかり疑惑を持った視線を向け、『エロムラ君なら、あるいは……』と呟《つぶや》き、それを聞いたエロムラは必死に否定している。

そんな二人を眺めながら、ツヴェイトは『いい加減に先を急ごうぜ……』と当たり前の反応。内心では彼もおっさんと同意見だったりする。

このアホな一悶着《ひともんちゃく》は、先を進みながらもしばらく続けられたのだった。

MFブックス

アラフォー賢者の異世界生活日記 14

2021年3月25日　初版第一刷発行

著者　寿安清
発行者　青柳昌行
発行　株式会社KADOKAWA
〒102-8177　東京都千代田区富士見2-13-3
0570-002-301（ナビダイヤル）
印刷・製本　株式会社廣済堂
ISBN 978-4-04-680322-1 C0093

企画　株式会社フロンティアワークス
担当編集　中村吉論／佐藤裕（株式会社フロンティアワークス）
ブックデザイン　Pic/kel（鈴木佳成）
デザインフォーマット　ragtime
イラスト　ジョンディー

本シリーズは「小説家になろう」（https://syosetu.com/）初出の作品を加筆の上書籍化したものです。

この作品はフィクションです。実在の人物・団体・事件・地名・名称等とは一切関係ありません。

おっさん、食卓を守る　漫画：888

あー
お腹《なか》減った
おじさんとこで
食べさせて
もらおうかな
お金ないし
あっ
じゃあ
私も…
おじさーん
なにか
食べさせてー
いいですよ
テーブルにあるもの
適当に
食べてください
手が離せないから
蝿帳
おばあちゃん家《ち》
みたい…
あれも 高度な
魔道具なのかしら…

MFC版『アラフォー賢者の異世界生活日記』は
ComicWalker・ニコニコ漫画にて連載中&
第1～4巻大好評発売中!!

21年1月より
TVアニメ放送開始！
人生やり直し
王道の大河転生ファンタジー！
CAST
ルーデウス／内山夕実
ロキシー／小原好美　エリス／加隈亜衣
シルフィエット／茅野愛衣　パウロ／森川智之
ゼニス／金元寿子　リーリャ／Lynn
ルイジェルド／浪川大輔　前世男／杉田智和
©理不尽な孫の手 /MF ブックス / 「無職転生」製作委員会
「無職転生～異世界行ったら本気だす～」
原作シリーズ大好評発売中!!
著：理不尽な孫の手　イラスト：シロタカ

雷帝の軌跡
～俺だけ使える【雷魔術】で異世界最強に！～
著 平成オワリ
ill. まろ
STORY
雷神の手違いにより異世界へ転生したシズル。破天荒な父や、優しき婚約者ルキナと接しながら彼は世界でただ一人の雷魔術師として成長していき――。生まれ持った【雷神の加護】で強敵すらもなんのその!?　これは唯一無二の少年が【雷帝】へ至るキセキの物語。
手にしたのは
自分だけが使える
《雷魔術》!!

MFブックス新シリーズ発売中!!
MFブックス
転生少女はまず一歩からはじめたい
著 カヤ
ill. 那流
STORY
アラサー社会人、一ノ蔵更紗は突然、異世界へ飛ばされた!
目を開けると……少女へ戻されているうえ、まわりは魔物ばかり。ハンターの女性・ネリーに拾われたサラは、生きるため魔法を身につけることになり——!?
転生少女サラが自由気ままな生活へ、まず一歩踏み出す物語がはじまる!!
家の周りが魔物だらけ……。
でも魔法があれば無敵のへっちゃらだよね!

魔導具師ダリヤはうつむかない
～今日から自由な職人ライフ～
甘岸久弥
1
2
3
4
5
人工魔剣！
便利アイテム！
魔物グルメ！
シリーズ
大好評
発売中!!

女性職人の
ものづくり
異世界ファンタジー
読めば応援
したくなる!
魔導具師ダリヤはうつむかない
〜今日から自由な職人ライフ〜
甘岸久弥
イラスト：景

MFブックス既刊

呪いの魔剣で高負荷トレーニング!? ①～②
～知られちゃいけない仮面の冒険者～
著：こげ丸／イラスト：会帆
その身に秘めし、真の力で〝斬り〟抜けろ!!

転生特典【経験値1000倍】を得た村人、無双するたびにレベルアップ！ ますます無双してしまう ①～②
著：六志麻あさ／イラスト：眠介
ただの村人から最強の英雄に!? 爽快成り上がりファンタジー開幕！

二度追放された魔術師は魔術創造〈ユニークメイカー〉で最強に ①～②
著：ａｉｌｅｓ／イラスト：藻
思い描いた魔術を作れる、最強魔術師のリスタートファンタジー！

マジック・メイカー ①～②
―異世界魔法の作り方―
著：鏑木カヅキ／イラスト：転
魔法がないなら作るまで。目指すは異世界魔法のパイオニア!!

【健康】チートでダメージ無効の俺、辺境を開拓しながらのんびりスローライフする ①
著：坂東太郎／イラスト：鉄人桃子
元ニート、チートスキルで【健康】になる！

砂漠だらけの世界で、おっさんが電子マネーで無双する ①～②
著：Ｙ・Ａ／イラスト：ダイエクスト
倒した砂獣が即電子マネー化！ 砂漠の僻地で快適通販生活!!

異世界帰りのパラディンは、最強の除霊師となる ①
著：Ｙ・Ａ／イラスト：緒方剛志
チラシの裏に書いた御札で悪霊退散！

引きこもり賢者、一念発起のスローライフ 聖竜の力でらくらく魔境開拓！ ①～②
著：みなかみしょう／イラスト：ｒｉｒｉｔｔｏ
引きこもり賢者、規格外の力で快適のんびり魔境暮らし！

ほのぼの異世界転生デイズ ①
～レベルカンスト、アイテム持ち越し！ 私は最強幼女です～
著：しっぽタヌキ／イラスト：わたあめ
転生した最強幼女に、すべておまかせあれ！

雷帝の軌跡 ①
～俺だけ使える【雷魔術】で異世界最強に！～
著：平成オワリ／イラスト：まろ
手にしたのは世界唯一の【雷魔術】！ 異世界で少年は最強へ至る!!

解雇された写本係は、記憶したスクロールで魔術師を凌駕する ①
～ユニークスキル〈セーブアンドロード〉～
著：嵐山紙切／イラスト：寝巻ネルゾ
魔法が発動できるスクロール、一度覚えれば使い放題！

食料生成スキルを手に入れたので、異世界で商会を立ち上げようと思います ①
著：ｓｌｋｎ／イラスト：もやし
異世界転移したサラリーマン、夢だった商会運営を頑張ります！

十年目、帰還を諦めた転移者はいまさら主人公になる ①
著：氷純／イラスト：あんべよしろう
赤雷を駆使する人類最強の冒険者は、異世界で気ままにいきたい！

失格王子の成り上がり冒険譚 ①
～王家を追放された俺、規格外の『器』で世界最強～
著：未来人Ａ／イラスト：なかむら
王家を追放された失格王子が世界最強の冒険者に成り上がる！